我買下了與她的每週密會 2

～以五千圓為藉口，共度兩人時光～

羽田宇佐
USA HANEDA
插畫／U35

Kadokawa
Fantastic Novels

Contents

「沒錯。這樣下去妳會感冒。」
我這樣做是為了仙台同學好。
雖然我的心跳得有點快，
但那只是我的錯覺。

「假扮朋友遊戲」的對象進入我的視線範圍內。
遠看也知道是仙台同學的那個人，
和到我家來時的她無論是服裝還是氣質都不一樣。

這行為沒有哪裡不對。
明明去在意這件事還比較奇怪，
我卻在尋找一個讓她看也沒關係的理由。
「……妳就這麼想要我脫嗎？」

我買下了與她的每週密會

～以五千圓為藉口，共度兩人時光～

羽田宇佐

USA HANEDA

插畫／U 35

2

Kadokawa Fantastic Novels

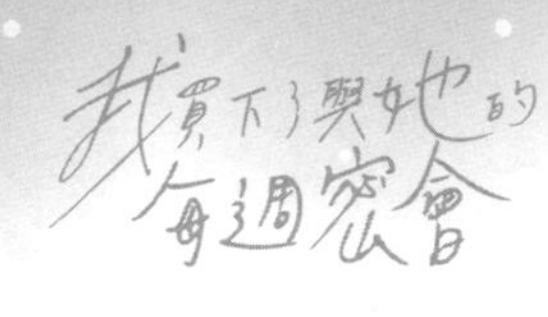

第1話 下達命令的人是我，不是仙台同學

上了三年級後的第一次期中考成績很糟。

我不喜歡念書，但考試前還是會打開課本，至少努力背一下公式或年號。可是我背不起來，也沒派上用場。

拜此所賜，我那不算特別好，卻也不算特別差的成績下滑了。

理由出在仙台同學身上。

都是因為考試前發生了那樣的事，才會害得我不管做什麼都不順利。

我背靠著床坐在地上，輕輕嘆了一口氣。

進入六月後已經結束換季，統一換為夏季制服。一身輕便打扮的仙台同學泰若自然地坐在我身旁，看著雜誌。

她平常固定會去的地方明明就是床上。

不知道是不是因為我們接吻了，我覺得她有點忘了客氣為何物。

我將視線落到翻開卻沒在看的漫畫上，旋即闔上書頁，轉而看向仙台同學正在看的雜

誌，只見她一頁又一頁地翻過去。那本雜誌封面上滿是諸如能讓妳變可愛、提升好感度等空洞的文字，看起來跟我在書店給忘記帶錢包的仙台同學五千圓那天她所買的是同類型的雜誌。

仙台同學的表情毫無變化，又翻了一頁。

『據說只有一開始會尷尬喔。』

這話是仙台同學說的。然而也不管這是我們五月接吻之後我第一次叫她過來，她看起來完全不覺得尷尬。

我搞不懂。

接吻之後，不是朋友的仙台同學變成了我更搞不懂是什麼的人物。

我把漫畫放回書架上，拿了一本新的出來。

——早知道就別叫她過來了。

今天沒發生什麼討厭的事，我卻叫了仙台同學來家裡。

給她五千圓，買下她放學後的時間。

就像至今為止我所做的那樣，我今天也做了一樣的事。

畢竟我不希望她以為我跟她接吻後就不肯叫她過來了。而且我原以為自己可以擺出一副那點小事根本不算什麼的表情見她，但我已經開始後悔了。

五月發生的事情對六月的我造成了影響。

儘管如此，仙台同學還是一如往常地解開了襯衫上的兩顆釦子，拉鬆領帶，和接吻前沒有任何不同，是跟平常一樣的仙台同學。

「宮城妳喜歡看這種雜誌嗎？」

用不知道是有在看，還是只是翻過去而已的速度翻著書頁的她從雜誌上揚起視線，開口問我。

「不喜歡。」

「因為妳一直在看我這邊，我還以為妳喜歡這種類型的雜誌。」

「我才沒在看妳，我對那種雜誌也沒興趣。」

我從她那輕佻的語氣和微微上揚的嘴角，知道她是在戲弄我，便冷淡地回答。

「我也不太喜歡。」

「那明明是妳特地買回來看的雜誌耶？」

「沒錯，我特地去買了其實我也沒多愛看的雜誌。」

仙台同學語調平板地說，闔上了雜誌。

我是知道她沒有很認真在看的原因了，但她沒說她為什麼要買自己不喜歡的雜誌。不過我從她的交友關係可以推想到。

妝點在封面上的那些浮誇標語，是茨木同學感覺會喜歡的話。

想當個八面玲瓏的人似乎也不容易。

要是她在我面前也能發揮她那八面玲瓏的手腕，我覺得這段時光會過得更順心一點，不過這房間裡不需要那樣的仙台同學，而且如果是那樣的仙台同學，我應該就不會這樣長期叫她來我房間了。

「對了，宮城，妳的考試成績怎麼樣？」

仙台同學邊喝麥茶邊問我。

我不想告訴她我考得不好。

感覺她會去臆測我考不好的原因，所以我死都不想說。

「普通。仙台同學妳呢？」

「我也普通。告訴我妳的平均分數啦，成績單發下來了吧？」

是發下來了，可是我不太想看「期中考成績單」這玩意，也不願去回想起它的存在。

「為什麼我非要告訴妳不可啊？想問別人的成績，先說妳自己的啊。」

「可以啊，拿我的書包過來。我的成績單就放在裡面，直接看比較快吧？」

仙台同學說完後碰了一下我的手臂。

制服從換季過渡期用的款式換成了夏季制服，襯衫也從長袖變成了短袖。因為沒有布料能夠擋住她的手，她的體溫直接傳到了我的肌膚上。書包就在我旁邊，那隻手除了要我趕快去拿之外沒有別的意思，我的身體卻因此僵住。

蠢死了。

我輕吐一口氣，把仙台同學的手推了回去。

「不用，就算不看我也知道妳考得很好。」

「沒有很好啊，普通而已。」

「腦筋好的人所說的普通，跟我相比就是考得好啊。」

「沒那回事。拿我的書包過來啦。」

仙台同學拍了一下我的手臂。

我想她根本不在乎考試成績。

只是因為我說不要看，她才覺得好玩，想給我看而已。

她總是在做這種事。

我搶走仙台同學放在腿上的雜誌，丟向她的書包。

「去拿過來。」

我看著仙台同學冷漠地說。

既然她想拿書包，那去拿雜誌的時候順便拿過來就好了。

「好好好。這是命令對吧？」

不管我說過多少次「好」只要說一次就夠了，仙台同學還是聽不進去。她「嘿咻」一聲地站起身，只拿了雜誌過來。我本以為她要把手上的雜誌遞給我，她卻坐回原本的位置翻起雜誌，讓我看某個頭髮微捲的女孩。

「妳要不要試著弄成這種髮型？」

她秀給我看的髮型很可愛，可是我不覺得那髮型適合我。

「要我幫妳弄嗎？」

她邊說邊伸過來的手喚醒了我的記憶。

在接吻前，仙台同學摸了我的頭髮。

動作很輕、很溫柔。

然後那隻手撫上了我的臉頰——

「不用。」

我躲開她彷彿順著記憶伸來的手，在那隻手碰到我的頭髮前就先開了口。

「感覺很適合妳耶。」

「跟適不適合我無關。」

我不知道她現在的行為究竟是有意還是無意，但是今天的仙台同學感覺比平常更會裝熟。

就因為她會做這種事，我才會覺得她很壞心眼。

就連接吻那個時候她也很壞心眼。

刻意要我下那樣的命令。

我不認為她討厭我，也不認為她是故意在戲弄我，可是我不懂仙台同學為什麼那麼堅持要我命令她。我唯一知道的，只有仙台同學正任意擺布著我。我是不討厭跟在學校時不同，沒有在裝乖的仙台同學，也會想要觸碰她，但她這種態度讓我非常煩躁。

我把身體轉向仙台同學。

老師看到也會睜一隻眼閉一隻眼，微微偏棕色的頭髮映入眼簾。

從她綁成公主頭的頭髮底下可以看見她的耳朵。

「妳沒戴耳環呢。明明一副會戴的樣子。」

仙台同學雖然不是會打扮得花枝招展的那一型，但就算有戴耳環也沒什麼好奇怪的。總是和她在一起的茨木同學就有戴耳環，經常被老師罵。

「我不想被老師盯上啊。宮城妳不戴嗎？」

「不戴。」

我簡短回答完，拉了拉她就算有戴耳環也不奇怪的耳垂後，仙台同學露出了驚訝的表

情。我就這樣順勢讓手指滑向她的耳後。

「這樣很癢耶。」

她毫無起伏的聲音傳來。

「妳就這樣別動。」

我今天不會讓她誘導我下命令。

我只會照自己的意思，去做我想做的事。

我的手指緩緩滑過，碰到她的耳根時，仙台同學抓住了我的手腕。

「我不就說會癢了嗎？」

傳入耳中的話語沒有拒絕我觸碰她的行為，她卻用力拉開了我正在摸她耳朵的手。

「我剛才叫妳別動，妳沒聽到嗎？」

這不是請求，是命令。

我想仙台同學也知道這件事。

「真要說起來，不過就是摸個耳朵，妳反應也太大了。難道妳這裡很敏感嗎？」

我伸出手，再度拉了拉仙台同學的耳垂。

「宮城，妳拉太大力了，很痛。」

仙台同學沒否定敏感這說詞，皺起眉頭。不過她只有臉上的表情變了，身體沒有動。

我緩緩地讓手指從耳垂滑到耳後。

再度碰到她的耳根時，仙台同學的肩膀微微晃了一下。

她映在我眼中的表情感覺很不高興，看就知道她沒有接受我的行為。可是她沒再像剛才那樣抓住我的手腕。

「妳就該像這樣聽我的話。」

看著默默聽從我指示的仙台同學，我鬆了一口氣。我沒再產生那種坐立難安，明明是自己的房間，卻像是待在別人房間裡的心情。

這個地方的主人是我，不是仙台同學。

回到應有狀態的關係，讓我起先躁動不安的心平靜下來。

我的手指順著耳朵的輪廓滑過。

當我把手指滑進宛如用石膏固定住，臉色始終都很不愉快的仙台同學耳朵裡時，她的身體像是要逃離我似的往後縮了一下。

「喂。」

我雖然聽到了她低沉的嗓音，還是像在搔她癢一樣，繼續摸著她的耳朵內側。

仙台同學企圖抬起手，又放了下來。

她依然遵守著我叫她不要動的命令，我繼續玩著她的耳朵。

在學校總愛裝模作樣的仙台同學儘管氣憤，仍默默忍耐著的模樣很有趣。

我想對仙台同學來說不有趣的事情，對我來說就很有趣。而對我來說不有趣的事情，對仙台同學來說就很有趣吧。

這種事想都不用想，因為我和她完全相反，沒有任何交集。

我無法理解進入六月，就表現得彷彿五月從沒發生過任何事的她，也是理所當然的事。

我不可能會懂彷彿被陽光照耀著，總是身在明亮處的仙台同學在想什麼。

我的手指從她的耳根滑向脖子。

仙台同學的身體驚訝地抖了一下，原本壓抑著的聲音不禁脫口而出。

「妳根本是在玩我吧？」

她似乎忍不住了，抓住我的手臂。

「因為很好玩啊。妳要抵抗也行喔。」

「妳也該適可而止了吧。」

仙台同學明顯地露出反抗的眼神。

「我不要。」

我一口回絕仙台同學，甩開她的手，然後拉著她的耳朵靠近她。

「宮城，我就說這樣拉會痛了。」

我想也是。

因為我是故意用她會痛的方式在拉，所以她做出了正確的反應。

我對此感到心滿意足，又拉近了我們之間的距離。

像接吻那時一樣，仙台同學就近在眼前。

心臟誤以為我對仙台同學有好感地噗通一跳。

我裝作沒注意到逐漸加速的心跳聲，把嘴唇湊到她的耳邊。

香甜的氣味搔著我的鼻腔。那是仙台同學霸占我床鋪的日子，枕頭上會傳來的香氣，我不討厭那味道。

她用的是哪個牌子的洗髮精啊？

在過去浮現過好幾次的疑問占據了我部分的思緒時，我用舌尖碰了她的耳朵。

「這樣會癢啦。」

仙台同學推了我的肩膀。雖然這麼說，但她可能沒忘記我叫她不准動的命令吧，推我的動作不太用力。面對她這在我容忍範圍內的抵抗，我輕輕地咬了她的耳朵軟骨，仙台同學的身體有些誇張地抖了一下。

「不要咬我啦。命令到這裡就可以結束了吧？」

她感覺不像是在生氣，可是講話的語氣比平常更為低沉。

「不行。」

「才沒有不行，快住手啦。」

「仙台——」

我停下在她耳邊的低語。

然後重新說了一遍。

「葉月妳很囉唆耶。」

仙台同學曾經在這房間裡用我的名字「志緒理」叫我。

我這樣叫她是在回敬她之前的作為，沒有更深的含意。

聯繫著我和仙台同學的是一份契約，我們不會發展為更進一步或是退一步的關係，這從我第一次給她五千圓的那天就已經決定好了。而她會到這裡來的時間，也是有期限的。

最多只會到畢業。

不會更久了。

我們沒有理由繼續下去。

在這段終將告一段落的關係中，叫對方的名字並不是什麼特別的事。

我的嘴唇吻上她的耳朵下方。

仙台同學瞬間用手碰了一下我的背，但又立刻收手。我用舌尖觸碰她柔滑的肌膚，她靜

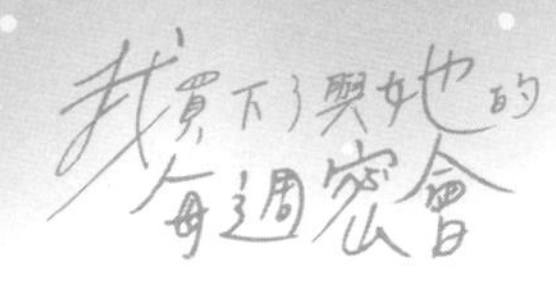

靜地呼出一口氣。那明明是個感覺會聽漏的微小聲音，卻殘留在我的耳中，與我的心跳聲混在一起。我像是要逃離那聲音，讓舌頭滑到她的耳後。

「宮城，妳這樣很噁心。」

她的聲音和平常一樣，可是呼吸似乎有些急促。我的心臟也用比飛快的步伐還要更快的速度鼓動著。

我覺得不能再繼續下去了。

然而我卻被裝作沒發現的心跳速度給牽著走。

我把自己的身體重心放到仙台同學身上，就這樣順勢推倒了她。

仙台同學的背部貼上地面，推倒她的過程輕鬆得令我傻眼。我本想就此咬上她的耳朵，但我的鎖骨附近被她用力推了一把。

「妳再繼續下去就違反規則了喔。」

不跟對方上床。

我想她應該是要說我的行為牴觸這條規則了吧，但這不是那種行為。

「我沒有違反規則啊。」

我把臉退開並出聲抱怨後，仙台同學推開我坐起身。

「妳這根本就是類似的行為吧？」

「妳該不會是覺得很舒服吧？」

我故意調侃她之後，仙台同學像是在擦乾淨耳朵似的摸了摸耳朵，然後一臉厭煩地站起來，居高臨下地看著我。

「說什麼傻話？我是要妳別推倒我。」

她毫不客氣地踢了我的大腿。

「喂，宮城。」

仙台同學躺到床上的同時開口叫我。

「幹嘛？」

「妳之後可以叫我葉月喔。」

「我不會再叫了。」

我讓背靠著床邊並回答她之後，她用枕頭打了我的頭。明明也沒多痛，我卻誇張地對她說：「好痛。」可是我沒聽到她道歉，相對地，她又用枕頭打了我一下。

「宮城妳這個人很無聊耶。」

她嘀咕的那個語氣，聽起來是真的覺得很無聊。

◇◇◇

黑板上寫著世界歷史，高橋老師——哆啦橋今天也穿著藍色的衣服。講台上傳來我沒興趣的國家反覆經歷盛衰榮枯的過程，我心不在焉地聽著哆啦橋講課。

事情總是不會照我所想的那樣發展。

結果就算我命令仙台同學，她也就不知所措了那麼一下下，最後還是我的心情像冉冉雲煙一樣，飄搖不定。

這不是我想要的結果。

我翻過一頁課本。

仙台同學的呼吸。

甜美的香氣。

以及微微泛紅的臉頰。

柔軟的耳垂和骨頭的觸感。

浮現在我腦海裡的全是昨天的事。因為接連發生沒辦法全數收進記憶保存庫裡的事，害我的思緒有一大半都被仙台同學給占據了。

這太奇怪了吧？

之前也做過類似的事啊。

我曾在她身上留下吻痕，就連咬脖子這種事都做過了。昨天做的事跟這些事也沒什麼差別。

儘管如此，記憶仍殘留在腦海中，變得越來越清晰。

最近總是這樣。

只要扯上仙台同學就沒好事。明明只是因為我一時興起才開始的關係，我卻覺得她的存在變得越來越重。

我從鉛筆盒裡拿出沒能給仙台同學，留在我房裡的橡皮擦。那塊從我身邊到她的手裡，又在音樂準備室裡被她硬塞還給我的橡皮擦上，沒有任何使用過的痕跡。

這根本不是什麼需要特地拿來還我的東西。

要是那時候仙台同學沒到教室來把我叫出去，我跟她的關係便會就此中斷了吧？我們也就不會接吻了。

「別東張西望的，認真看黑板。」

我聽到哆啦橋那簡直像是在說我的聲音後抬起頭。不過被唸的是從前面算來坐第一個的男生，哆啦橋還問了他特別難的問題。

還好不是我。

有幸逃過一劫，沒成為哆啦橋已成慣例的遷怒對象，我從鉛筆盒裡拿出另一塊橡皮擦，明明沒有想擦掉的字，我卻擦掉了寫在筆記本上的字。世界歷史的一部分就此消滅，喪失了上課的內容。

面對哆啦橋壞心眼的提問，無論過了多久，都沒聽到答案。

我重新抄寫黑板上的文字，把仙台同學還給我的橡皮擦收進鉛筆盒裡。

今天的最後一堂課就這樣夾雜著哆啦橋的遷怒持續進行。而我直到最後都沒被哆啦橋盯上。

「像這種時候氣象預報就會不準呢。我本來還期待運動會的練習活動會取消。」

班會結束後舞香跑來找我，很遺憾地說著。

我懂她的心情。

雖然說運動會快到了，這也在所難免，但我們還是不歡迎必須占用放學後時間的活動。

「我也以為會取消。全體練習這種事很沒勁耶。」

我混著嘆氣聲回應她後，看向窗外。

早上看的氣象新聞明明叫人要帶傘出門，天空上卻只覆滿了厚厚的雲層，沒有下雨。

「有需要放學後特地留下來練習嗎？真要練習，拿上課時間去練不就好了？」

亞美看著連一滴雨都不肯下的天空，滔滔不絕地抱怨著運動會的集體練習，而且最後還補上了一句「真想早點回家」。雖然也有很期待運動會的人，不過我們三個對運動會都沒什麼興趣。

「唉，但就算在這邊抱怨，練習也不會取消，在被老師罵之前趕快過去吧。」

我說了句「對啊」同意舞香這死了心的發言，拿著運動服站起身。在仍舊提不起幹勁的情況下，三個人一起走出教室，前往更衣室。亞美在走廊上嘴裡還不斷嘀咕著「真不想去」，舞香也一直附和她。

就算抱怨個沒完，氣象預報依然落空，我們來到了操場上。

正因為是集體練習，現場的人數多到讓理應很寬敞的操場都顯得狹窄了起來。就算是這樣，我依然連找都沒找，就看到了仙台同學。

老師還沒有整隊。

可是因為大家大致上都會按照學年、班別聚在一起，所以我會馬上看到隔壁班的她也是沒辦法的事。而我必然地也會看到在仙台同學身旁的茨木同學，這也是無可避免的事。

仙台同學算是相對醒目的人了，但是茨木同學更引人注目。

明顯染成了淺棕色的頭髮，沒照校規穿好的運動服。

也有戴耳環、做美甲，一副在學校所向無敵的樣子。除了仙台同學之外，其他在她身邊的朋友也都是類似的打扮，感覺只有那裡是不同的世界。不過看著開心地向男生搭訕的茨木同學，我覺得她跟仙台同學很合不來。

我不懂她們兩個為什麼會湊在一起。

以前只從遠處看著她們的時候，我還以為她們是同類，但現在不一樣了。

仙台同學在興趣、嗜好上感覺就跟茨木同學很不合。

「志緒理，妳在發什麼呆啊？」

舞香拍了一下我的肩膀，我讓仙台同學消失在我的視野之外。

「咦？我只是在想練習能不能早點結束。」

「都還沒開始，哪會結束啊？是說茨木同學在耶。我還以為她會蹺掉這種活動。」

舞香的視線看向我剛才看著的地方。

「是因為在意推甄分數吧？」

亞美隨口說道。舞香回了她一句：「現在才在意也太遲了吧？」

「就算現在才在意，也總比都不在意好吧？」

「這樣說也是沒錯啦。啊，話說回來，志緒理，妳後來跟仙台同學還有怎麼樣嗎？」

舞香的視線從茨木同學移到了仙台同學身上，用充滿期待的語氣問我。亞美也抓住我的手臂，說：「我也想知道。」

仙台同學到我們班教室來，把我叫了出去。

這對舞香和亞美來說是很令人驚訝的事，在那之後，她們就變得經常會提起仙台同學。簡單來說，刻意跑來叫我出去的仙台同學，成了她們感興趣的對象。

我是有告訴她們一個還算合理的理由，然而在那天之後已經過了好一段時間，她們到了現在還是會像這樣問起我關於仙台同學的事。從這點來看，我想她們應該沒採信我的說詞吧？

看她們臉上清楚地寫著我們想聽些有趣的八卦，我輕輕嘆了一口氣。

「妳說怎麼樣，是指什麼？」

「哎呀～怎麼樣就是怎麼樣嘛。」

舞香理所當然地說。

「怎麼可能會有啊？」

「說得也是。」

聽到舞香肯定我的答覆，我的心變得有些沉重。

不過只有一點點。

也不是真的有多沉重。

「運動會這種活動幹嘛練習？當天直接上就好啦。」

對我和仙台同學的關係失去興趣的舞香嫌麻煩地說著，在原地蹲下。我回她：「就算沒下雨，要是能因為其他原因取消就好了。」又看了看仙台同學。

她和茨木同學可能是在聊些什麼吧，兩人正相視而笑。

當然，她沒看向我這邊。

上了三年級之後，我對仙台同學就有著過多無法釐清的感情。本以為自己是用慢吞吞的動作在前進，我的心情卻以彷彿會因為超速而被抓的驚人速度一路狂奔。理性總是被耍得團團轉，派不上用場。

這種心情最好連同仙台同學一併撒手不管比較好，不然事情就會變得麻煩起來了。我知道。我雖然知道，但也想一直命令她。

要她聽我的話，順從我、服從我。

——蠢死了。

我慢吞吞地仰頭，看向天空。

我在書店給仙台同學五千圓的那天，也是這種曖昧的天氣。

因為那是在考完期末考，大概七月初時發生的事，勉強還沒滿一年。

去年的這個時候，我在做些什麼啊？

我試著回想，遇見仙台同學之前的記憶卻很模糊。

「要整隊了。」

在我茫然回想時，舞香戳了戳我的背。

總之去年的運動會很無聊。

我只記得這件事。

第2話 我只是因為宮城說了才做的

有什麼正要改變。

我覺得考完期中考，宮城摸了我耳朵那天，會有這種感覺應該只是自己的錯覺。

在那之後她又找過我好幾次，但我們之間沒出現什麼巨大的轉變。運動會也結束了，我過著平靜無波的每一天。雖說我們接吻過，但那倒沒讓我們之間變得有多尷尬，她也沒因為舔了我耳朵這種小事就不找我過去。

無聊。

一點都不好玩。

因為毫無變化到讓人感覺很悶，這裡待起來也沒那麼舒服了。我是不認為接吻就會改變些什麼，但在我的心底深處或許還是希望能有些什麼改變吧。

沒勁。

真沒意思。

宮城舔了我的耳朵。我倒不是希望她再舔我，卻很在意宮城在想什麼才會做出那種事。

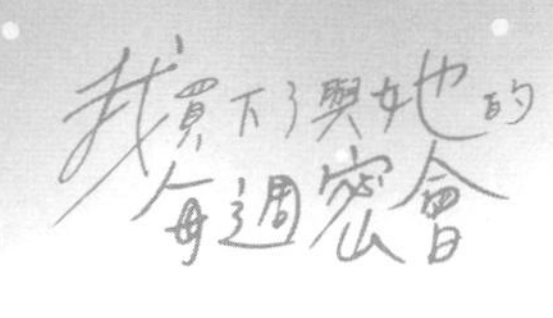

不過我沒問她這麼做背後的緣由，所以她的動機依然成謎。

後來宮城就沒再命令我舔她的手指或是舔她的腳過，也沒有再舔過我的耳朵。作為支付五千圓的代價，她只會下一些老套又沒新意的命令。我並不是期望發生什麼刺激的事，不過寫作業和把漫畫內容朗讀出來這些事，我也已經做膩了。

唉，不過……

只有一點點也算數的話，也是有改變了的事。

房間裡換了一張新的桌子，比之前那張桌子大一點，更方便把課本攤開。而且因為有空間能讓我們並肩坐在同一側念書了，宮城正坐在我旁邊寫作業。不過她看起來不是很開心。宮城的心情就跟進入梅雨季後的天氣一樣，陰晴不定。

「妳這裡寫錯了喔。」

我拿筆指了指宮城筆記本上的某處。

宮城的英文好像不太好，還有其他幾個地方也寫錯了，總之我先指出了其中一個錯誤。

她卻一臉不高興地看著我。

「我又沒問妳，妳不用跟我說哪裡寫錯了。」

「那就放著讓它錯比較好嗎？」

「……是不好。」

宮城皺起眉頭，擦掉寫在筆記本上的字。她用的不是我在音樂準備室裡還她的那一塊橡皮擦，是新的。

——居然故意用其他的橡皮擦，太壞心眼了吧？

我的視線回到自己的筆記本上。

「答案是什麼？」

剛才還很認真寫作業的宮城，開口要我提供能夠迅速修正錯誤的解答。

「妳自己想啦。」

「我就不知道啊。」

「妳只是沒心要想吧？認真寫作業啦。」

「那這是命令，告訴我答案。」

宮城把自己的課本和筆記本推給我。

看她不高興的樣子，可能是沒想到我會坐在她旁邊念書吧，不過我沒打算要換位置。

「這與其說是要我告訴妳答案，不如說是要我幫妳寫作業吧？」

「對。幫我寫。」

「好好好。」

我記得上次也是這樣。宮城作業寫到一半就不寫了，把剩下的部分推給我，跑去看漫

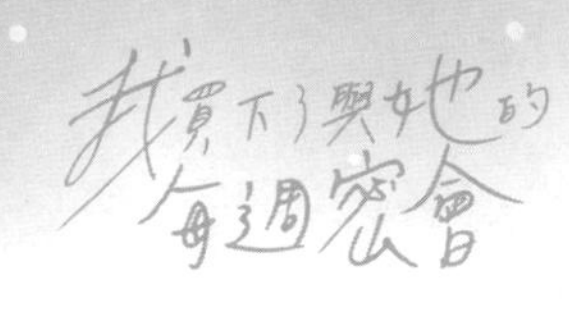

畫。我把她的筆記本挪到自己面前，從宮城手裡搶走橡皮擦。

作業的題目本身並不難。

只要認真寫，就算是宮城也三兩下就能寫完了吧？不過在她的命令之下，這些假設都毫無意義。我擦掉寫錯的地方，把正確答案寫在其他紙上，讓宮城可以照抄上去。

「是不是快要滿一年啦？」

我修正了幾個寫錯的地方，一邊開始寫新的題目，一邊開口問宮城。

「妳說哪件事？」

「就是我開始會到妳房間來的這件事。」

「是嗎？」

宮城一副不感興趣的樣子說道。

「因為是從七月初開始的，也差不多過一年了。」

雖然是同班同學，但是我跟宮城幾乎沒說過話。我之所以會開始到她房間裡來的契機，我還記得很清楚。

宮城像救世主一樣，出現在忘記帶錢包的我面前，幫我付了錢。如果這樣說，想必是一樁美談吧。然而實際上是她在書店的結帳櫃台前硬塞了五千圓給我，我想把找回的錢還給她，她還放話說她不需要，可以丟掉，根本不是什麼值得讚揚的事。

那一天，我覺得宮城是個難搞的人。而現在我依然覺得宮城是個難搞的人。

「妳那時候為什麼要幫我付錢？」

「同班同學有難，我覺得該出手幫忙。」

「真的嗎？」

「假的。是因為我錢包裡剛好有五千圓。」

「那要是妳錢包裡面放的是一千圓，妳就不會幫我付錢了？」

「可能吧。」

「反正妳這也是在說謊吧？真正的原因到底是什麼啊？」

「因為我當時想那樣做。就這樣。」

我不知道她這話是想隨便打發我，還是在說真的，不過宮城說到這裡就中斷了話題，站起身，然後從書架上拿了兩本漫畫過來，躺到床上。

我速速寫完作業，戳了戳背對著我的宮城的腰。

「妳再躺過去一點。」

「為什麼？」

「這裡是我的位置。」

「這裡才不是仙台同學的位置，這是我的床。床上很窄，妳不要過來。」

宮城冷淡地說，占領了床鋪正中間的位置。

這張床的確是宮城的，不是我的。不過她叫我來房間裡的時候，這張床每次都是我在躺，我覺得我應該有權可以分到一半的領地。

「又沒關係，分一點位置給我啦。」

「不要。」

「宮城真小氣。」

我與其說在戳她的腰，不如說在推她的腰，想要拓展自己的領地。然而宮城沒碰我，開口說了。

「仙台同學妳很煩耶，別推了。」

宮城最近有時候會露出好像靜不下心來的複雜表情，那是在我們接吻之後發生的小變化之一。而她現在就露出了那樣的表情。

我不是那種不管發生什麼事都不會受傷的人，也有纖細脆弱的一面。宮城這種表情有時候會深深地刺傷我。

我爬上床，為了擴大空間而動手推宮城的身體。可是她沒把領地讓出來，而是坐了起來。

「仙台同學，解開領帶。」

第2話 我只是因為宮城說了才做的

宮城突然開口，面無表情地看著我的領帶。

這不是什麼好表情。

宮城在這種時候，腦子裡想的都不是什麼好事。

「為什麼？」

「少說那麼多了，解開。」

即使問她也得不到答案，這也是一如往常的事了，就算她沒說，我也知道這是命令。我放棄無謂的抵抗，乖乖解開了領帶。

「這樣可以嗎？」

「可以。然後把那個給我。」

「把領帶給妳？」

「對，領帶。」

她的語氣雖然跟在寫作業的時候一樣，但我心中只有不好的預感。儘管如此，我還是把領帶交給了宮城。

「轉身背對我。」

我照她說的轉身背對她後，她說：「把手給我。」抓住了我的手腕。

光憑這些，我就知道接下來會發生什麼事了。

我不讓宮城聽見地輕嘆一口氣，把手繞到了身後。接著手腕上立刻傳來了被布料纏住的感覺。而且相當用力。

「等一下，這樣很痛耶。」

我的手腕被綁住，那力道強到讓我覺得她絕對是使盡了全力。我開口抱怨。如果她毫不留情地綁到最緊，會留下痕跡。制服已經換成了短袖制服，要是手腕上有那樣的痕跡，一定很顯眼。

「宮城。」

我語氣強硬地叫了她的名字之後，領帶又更勒緊了我的手腕。

「絕對不准留下痕跡喔。」

我帶著她要是做得更超過，我絕對不會原諒她的念頭出聲後，領帶才稍微鬆了一點。然後手腕上傳來了領帶打結的觸感。

「宮城妳真變態，這是那邊的漫畫裡面出現過的情節吧？」

書架上排放著各種類型的漫畫，從充滿少女情懷的少女漫畫到熱血少年漫畫都有。其中也有以色情為賣點的作品，裡面應該有漫畫曾出現過女主角被唯我獨尊型的男友用領帶綁起來的情節。

「仙台同學，妳希望有人像漫畫裡那樣對待妳嗎？」

「怎麼可能？」

「那我不會做漫畫裡那種事，妳就這樣坐一個小時吧。」

「咦？什麼？妳這是放置PLAY嗎？」

「……妳果然還是希望人家對妳做點什麼嘛。」

身後傳來了她彷彿提起了某種幹勁的聲音。

「仙台同學妳這變態。」

一股氣息隨著她的聲音吹上我的脖子，下一瞬間，她隔著上衣咬了我的肩膀。

「好痛。」

宮城的字典裡沒有適可而止這個詞。

所以即使我開口喊痛，她的牙齒依然緊咬著我的肩膀。

「我又沒說希望妳做這種事。」

如果是平常，我會推開宮城的額頭，逃離這份痛楚。可是今天我的手腕被綁住了，沒辦法那麼做。就算想轉身，感覺也會失去平衡摔下床，不能說轉就轉。我只能出聲制止她。

「宮城。」

我大聲叫了她的名字之後，才終於從痛楚中得到解脫。

「我不是叫妳別留下痕跡了嗎？妳要咬我是可以，但也要懂得適可而止吧？」

「反正那裡不會露出來，沒差吧？」

「問題不在那裡好不好？」

「那妳下床，去坐到地板上。」

不要。

我是可以這樣回答她，不過我很清楚，我說了她也只會硬逼我下床。而且這種時候的宮城感覺就會若無其事地把人給推下去。

如果事情會演變成那樣，還不如我自己下床。

我默默地照著她的話坐到地板上後，宮城脫掉襪子。

「仙台同學，妳知道我接下來要說什麼吧？」

宮城對抬頭看著她的我這麼說，踢了我八成留有齒痕的肩膀一腳。

「要我舔妳的腳，對吧？」

我和宮城來往也有好一段時間了，只要對照過去的經驗，她想說什麼這種小事，我馬上就明白了。

「既然知道，就做吧。」

居高臨下看著我的宮城用聽起來甚至有些開心的語氣說。雖然比起陰晴不定的天氣，她能有接近晴天的心情是比較好，但這不是我現在樂見的狀況，因為我知道接下來絕對沒好

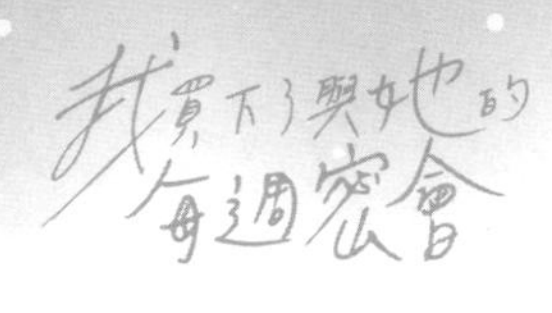

事。我腦中沒有碰到這種情況，宮城的心情很好而我身上發生了什麼好事的記憶。

我看著宮城伸到地上的腳。

對於舔腳這件事我是沒意見。

那種事我之前就做過好幾次了。

只是我在手被綁著的情況下很難舔她的腳。我沒辦法像平常那樣用手把她的腳抬到適當的高度。

「妳把腳稍微抬高一點啦。」

「不要。」

她簡短又明確地回答我。

那表示她不願意配合，我覺得她真的很會整我。

就這樣照命令去做。

她的意思就是這樣，於是我的舌尖舔上她的膝蓋。

膝蓋當然也是腳的一部分。

可是宮城似乎不滿意。

「從腳尖開始舔。」

她的聲音從上方傳來。

「用這副模樣？」

「對，就用這副模樣。仙台同學妳喜歡聽我的話吧？」

我又不是自己喜歡才聽她命令的，然而說這種話也沒意義。我能選擇的只有聽從她的命令，或是把五千圓還給她，離開這房間。

我抬頭看宮城。

她一動也不動。

為了遵從她的命令，我必須自己主動靠近宮城的腳。

「仙台同學。」

她輕輕踢了我的膝蓋催促我。我慢慢從宮城身上別開視線。

這個房間的主人只會對我表現得任性又毫不客氣，會若無其事地對我說出她對其他人不會說的話。明知如此卻還是打算順從宮城的我，也是前所未有的不知道腦袋是出了什麼毛病。

這模樣還滿屈辱的呢。

我事不關己地想著，同時像是要舔地板一樣，舔上她的腳尖。

「這樣的仙台同學也不錯呢。」

聽到她那愉快得跟正在念書時簡直判若兩人的聲音，我有點不爽。

這不是什麼輕鬆的姿勢，很難受。然而我沒有選擇還她五千圓，我的舌頭從她的腳尖滑到腳背上。在我一路舔到腳踝處，嘴唇吻上她的肌膚後，她把腳抽走了。我雖然追著她的動作，用舌尖舔上她的腳背，但這次換宮城也主動把腳湊了上來。

我只覺得她在捉弄我。

「宮城。」

我叫了她的名字代替抗議。

她或許是不滿我這麼做吧，宮城把腳滑到了我的下巴底下，用腳背讓我抬起頭。

「什麼事？」

宮城看著我，面帶微笑地說。

「妳的腳不要動啦。」

「可以下命令的人是我，不是仙台同學。」

宮城這話沒說錯。

可是為什麼我非得聽她的話，甚至淪落到這副模樣啊？

我自己選擇了要順從她，心中仍對此感到不滿。

「繼續啊。」

在我開口抗議前，宮城下了命令。

她把腳放回地板上，我的唇再度吻上她的腳背。

接受命令，遵從指示。

這已經變成了太過理所當然的事，儘管覺得很不爽，我的身體還是動了起來。

舔過她的腳趾，用嘴唇觸碰她柔滑的肌膚。

我順著舌尖能稍微感覺到的骨頭輕咬她的腳踝後，宮城的身體稍稍動了動。我反覆輕咬，舌頭爬上她的脛骨。

舔舐、輕咬、吻上。

我不是沒想過，要是我正在碰的地方是她的嘴唇會怎樣。

我像接吻時一樣，用嘴唇緩緩碰著她的膝蓋。

在我數度吻上並用力吸吮之後，宮城粗魯地說了。

「夠了。」

「為什麼？」

「因為仙台同學很下流。」

「那什麼意思啊？」

「意思是妳很噁心。」

聽到宮城沒有起伏的聲音，我用超過輕咬，足以留下齒痕的力道咬上她的膝蓋。雖然牙齒撞上了她的骨頭，但我不在意。我狠狠地咬下去後，宮城動起她的腿。

「仙台同學，很痛。別這樣啦。」

被她語氣強硬地這麼一說，我看向她。

「我只是用不下流的方式來做而已。」

「不要做我沒有命令妳做的事。」

「意思是叫我不要做舔之外的動作？」

「對，不過已經夠了。」

她沒有明說命令到此結束，不過我聽她那冷漠的語氣就知道了。可是我的手依然被綁著，沒能得到解脫。

「幫我解開領帶啦。」

「妳就一直維持這個樣子如何？」

「那我要怎麼回家啊？」

五千圓不能綁住我一整天。

只能在一天中的短短幾小時內，讓我聽從宮城的命令。因為五千圓不能綁住我「一直」這麼漫長的時間，所以她應該要接受我叫她解開領帶的要求才對，沒道理拒絕我。照理來說是這樣的，宮城卻沒有幫我解開領帶。

「不要回去就好了啊。妳就這樣留在這裡給我養如何？我會餵飯給妳吃的。」

宮城用聽起來不像在開玩笑的語氣說著玩笑話。

「別說那種無聊話，幫我解開啦。」

「那妳認真一點拜託我啊。」

明明也沒多有趣，她卻不肯輕易收回無聊的玩笑話。

宮城輕輕踢了我的膝蓋，像是在催我動作快一點。

就算看著她俯視著我的眼睛，我也看不出她的情緒。

低頭拜託宮城。

真想做的話，我隨時都辦得到，我現在卻不想拜託她幫我解開領帶。那是因為我有點……不對，是非常不爽宮城的態度。

「妳想就維持這個樣子嗎？」

她抓住我的衣領，彷彿在說直到我拜託她為止，她都不打算幫我解開。她雖然沒有很用力，但我的身體還是順著被拉扯的上衣，靠向了宮城。

我因為她這有些粗魯的行為而瞪著她。

「放開我。妳這樣再怎麼說都做得太過分了吧？」

聽我說了重話後，她像是沒了興致似的鬆開手，我的身體也跟著失去平衡。我是不至於因此倒到地上，但是她對待我的態度實在太隨便，讓我又開口打算再抱怨個一句。不過在我說話前，宮城就先出聲問了我。

「仙台同學妳啊，希望我怎麼對待妳？」

「妳這話是什麼意思？」

「我想說妳可能有希望我對妳下的命令。」

「怎麼可能會有啊？」

我又不是因為想被人命令才待在這裡的。話雖如此，我倒不是想拿那五千圓，但也不是有什麼希望宮城對我做的事。

「那妳能容許到什麼程度？」

她沒說出口，不過我知道她是針對「命令的內容」在問的。

她都為所欲為成這樣了，事到如今還問這個？

我不知道她是出了什麼事才想問我這個問題，但我覺得這實在不是過了快一年之後才問的問題。

「妳說到什麼程度，那當然是在常識的範圍內啊。」

「原來剛才的命令算在常識範圍內啊？」

手被綁起來，像要舔地板一樣地舔她的腳。

現在也仍舊被綁著。

儘管接受了這一切，這依然不包含在我的常識範圍內。

「妳沒有拒絕，就表示是這麼回事吧？」

是因為宮城說了我才做的。

就只是這樣而已，不是基於常識。即使其他人叫我做，我也絕對不會做，而且我根本不會去搭理叫我做這種事的人吧。

可是我不想特地告訴宮城這些事。

「妳這問法很壞心眼耶。」

「仙台同學妳還不是常用壞心眼的方式問我問題。」

宮城難得用鬧彆扭的感覺說道。

我沒打算要否定她的話。

我是故意那樣做的。

我喜歡看宮城狼狽的樣子，並以此為樂。

然而這種事情我做可以，宮城做就讓人很不爽。

簡單來說便是這麼回事。

問些刁難她的問題是我的特權，不知該回答什麼才好的人應該是宮城才對。所以我反問宮城。

「我才想問妳，妳想對我做什麼？」

「……我沒必要告訴妳。」

她沒打算回答，不過看來是有什麼想做的事。

雖然知道了這點，但更進一步的內容我就不得而知了。我是很想知道，但這不是我該逼問她的事，也不是我該深入探討的話題。

「這樣喔。」我看著宮城，回了句像是在回應她，不帶任何意義的話，然後開始扭動起被綁著的手腕，想試看看我能不能自行解開，但這只讓領帶陷得更深，弄痛了我的手腕。因為我說絕對不能留下痕跡，她有放輕了綁我的力道，然而那也只是感覺上放輕了而已，領帶還是以就算留下痕跡也不奇怪的狀態綁在我的手腕上。

「站起來。」

宮城不悅地說。

「咦？」

「妳想要我幫妳解開領帶吧？」

「在手被綁著的情況下，要站起來很辛苦耶。」

手臂也有用來維持身體平衡的功用，一旦被綁起來，就連站起來或坐下這些單純的動作都會變得很困難。我現在倒不是站不起來，但很有可能會因為站不穩而跌倒，有點恐怖。

「那妳就這樣別動。」

這樣說完後，宮城就咚的一聲下床，迅速繞到我身後，沒過多久便取下了壓迫著我手腕的布條，我得以重獲自由。儘管如此，我仍舊沒辦法隨心所欲地挪動手臂，於是用力甩了甩手。覺得血液循環稍微變好了一點之後，我站起身，坐到床上。宮城在我身旁坐下，抓住我的手臂。

「給我看。」

在我說好之前，她彷彿突然變成了正在尋找證據的偵探，仔細盯著我的手腕。

「沒留下痕跡。」

宮城喃喃說道，然後摸了摸方才被領帶綁著的地方。宛如上面留有傷痕一般，她的指尖輕柔地撫過我的皮膚。她的手指慢慢滑向我的掌心，手臂像是對此產生反應，找回了知覺。宮城的指尖帶來的刺激漸漸變得清晰，我甩開她的手。

「妳果然是想留下痕跡吧？」

「我是在說沒有留下痕跡真是太好了。」

聽起來根本不像是那樣。

不管是摸我的手還是語氣，都讓人覺得她想的是如果有留下痕跡就好了。

「還是說妳希望我留下痕跡？」

「我哪會希望妳留下痕跡啊？要是手腕上留有被綁過的痕跡，我在學校該怎麼辦？」

「所以我不是沒留下痕跡嗎？」

宮城拋下這句話，踢了我的腿。她一副話還說不夠的樣子，又踢了我好幾腳之後，像是忽然想到似的把手伸向被她拋在一旁的漫畫。我在她的手碰到之前搶走那本漫畫，向她搭話。

「我有件事想問妳。」

「什麼事？」

宮城一邊用怨恨的眼神看著我手上的漫畫，一邊回答我。

「要是我下了像剛剛那樣的命令，宮城妳會聽命嗎？」

「我怎麼可能會聽？」

「我想也是。」

我早就知道了。

我是明知道宮城絕對不會做那種事還問她的。

就算我付錢命令她，她也不會舔別人的腳吧？我大概感覺得出來，她認為要我做她自己不願做的事是有意義的行為吧。這對我來說雖然不是什麼有趣的事，但我們的約定就是我要聽她的話，所以這也沒辦法。

「我又不像仙台同學妳那麼變態。」

「不，宮城妳才變態吧？因為妳會對人下那種命令，還很高興。」

「我又沒覺得高興。」

可是她覺得很有趣。

她看著嘴上抱怨卻還是乖乖聽話的我，發出了愉快的聲音。

我是沒想要用下流的方式舔她，不過被人這樣舔一定是件相當有趣的事。

「對了，妳要吃晚餐吧？」

宮城從我手中奪走漫畫，硬是換了個話題。

「是要吃啦。」

我的確覺得比起繼續討論誰比較變態這種無謂的事情，討論晚餐還比較有意義，但我不太能接受她擅自結束話題的行為。然而宮城若無其事地站起來，把漫畫放回書櫃後，就速速走出房間了。

一句話都不說喔？

唉，倒也無所謂啦。

我也站起身，跟在宮城身後。走進客廳，只見平常總是會在廚房裡拿出調理包或市售熟食的宮城坐在椅子上。

「仙台同學，妳做點什麼菜啦。」

傳來一句讓我懷疑自己是不是聽錯了的話。

我之前做過一次炸雞塊。

在那之後我們也一起吃了好幾次晚餐，她曾拒絕我說要做菜的提議，可是我從沒聽她叫我做點什麼過。

「妳有煮白飯嗎？」

「有。」

「冰箱裡面有什麼？」

儘管我還有其他想說的話，不過要是我多講了些什麼，宮城一定會輕易地收回她方才所說的話。所以我沒多廢話，走向冰箱。

「有雞蛋。」

我打開冰箱，如同宮城所說的，裡面有雞蛋。

除此之外沒有其他能派上用場的東西。

荷包蛋、煎蛋捲、蛋包飯。

我雖然會下廚，但沒有打算要成為廚師，看到雞蛋，我能想到的菜色只有這幾種。

該怎麼辦才好呢？

我一邊從冰箱裡拿出雞蛋，一邊思考。

我決定做口味偏甜的煎蛋捲，把雞蛋打進盆裡。宮城或許比較喜歡吃鹹的，不過我沒打算問她。她家看起來沒有做煎蛋捲用的鍋子，所以我把圓形的平底鍋放到爐上，倒入黃色的蛋液。做到這一步，不用多久就能做好煎蛋捲了。因為是用圓形平底鍋做的，形狀不太漂亮，也有點焦，但是看起來很好吃。

「做好了。」

我把煎蛋捲和白飯放到宮城面前。一放到桌上，我就覺得這菜色以晚餐來說實在有點寒酸，但我也沒更多東西能放上來了，這也沒辦法。

「我開動了。」

宮城規矩地雙手合十後，拿起筷子。

我們總是會表現得像房間裡的事不曾發生過一樣地吃晚餐，即使今天她對我做了相當過分的事，也依舊不變。我也坐在她身旁，拿筷子夾起煎蛋捲。

到底是有什麼毛病？

把人綁起來，還用腳踢人的宮城正默默地吃著煎蛋捲，聽從了她那說差勁透頂也不為過的愚蠢命令的我也在吃煎蛋捲。

宮城搞不好以為她可以對我為所欲為。

我們之間有金錢交易，有訂好的規則存在。

今天的命令即使在這些前提下，依舊做得太過火了。儘管如此還是跟她一起吃晚餐的我也滿扯的就是了。

「妳至少說一下好不好吃啊。」

我問默默吃著飯的宮城。

「妳可以再做給我吃。」

跟炸雞塊的時候不一樣。

她那時候不是說了好吃嗎？今天真不老實。

不對，她居然會說我可以再做，所以搞不好這算老實的了。

「我想做的話就會做。」

我盡量冷淡地回答後，將甜甜的煎蛋捲丟進嘴裡。

第3話 我不知道這樣的仙台同學

我並不想對人做過分的事。

我對仙台同學做了說過分也不為過的事。

我內心的想法和做出的行為沒有交集，我下了稱不上好的命令，仙台同學也接受了那個命令。結果就是那樣。

明明只要被領帶綁著，乖乖坐在那裡就好了，仙台同學卻說了奇怪的話，事情才會演變成那樣。

真要說起來，如果那是她無論如何都不想做的事，她大可開口拒絕我。

雖然我不知道自己會不會容許她拒絕我。

不管是要怎麼對待她，還是怎麼看待我自己，都好難。

我「呼」地輕嘆了一口氣，坐到床上。

窗外被足以令人感到厭煩的雨給淋濕了。

突然降下的雨一視同仁地淋濕了人、車、行道樹，將一切泡進雨水裡。

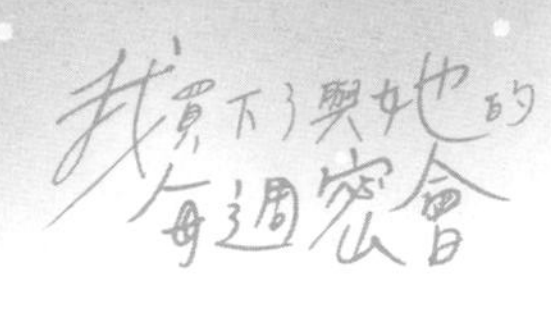

梅雨季還沒結束，所以就算氣象預報失準也不奇怪，但大量的雨滴正從天而降，甚至讓人同情起在外頭的人。或許是因為這樣吧，仙台同學遲遲沒來。

她在上了三年級之後，就算我找她來的那天她要補習，她也會隔天再過來。除此之外沒有哪次我找她來，她卻沒來的。

雨越下越大。

要是知道雨會下得這麼大，我就不會找仙台同學過來了。可是我到現在才叫她別過來，仙台同學也會來吧。我只能等她抵達。

我記得去年這個時候梅雨季已經結束了。

進入七月，考完期末考，梅雨季早早結束，在書店遇見了仙台同學。

然而今年和去年不一樣。

到了考完期末考的現在，梅雨季還沒過去。而我去年不算好也不算壞的期末考成績，今年稍微變好了一點點。這可能是因為我有和仙台同學一起寫作業，也有可能不是。搞不好是仙台同學害我期中考實在考得太差了，導致我在考試前比平常更認真念書的結果。

不管怎樣，這都不是什麼好回憶。

我躺在床上，閉上眼睛。

跟某人做了什麼的事成為回憶，逐漸累積，然後將那之中的幾天貼上紀念日的標籤，加

以整理。

要是做這種事，一旦出了什麼狀況，標籤就會一口氣全數剝落，一切都會被改寫成不好的回憶。開心的日子越多，不好的回憶也就越多。

在書店遇到仙台同學的日子是哪一天，我覺得我沒有連日期都清楚地記下來是件好事。我沒在心中的月曆上留下馬上就能知道那是哪一天的標記，也不想在自己跟仙台同學的回憶上貼標籤。

隨著時間流逝，就算我不希望，也必然會發生某些改變。

就像原本溫柔的母親拋下孩子離去一樣，連不要改變比較好的事情都會改變。

我不知道媽媽為什麼會拋下我離家，也不知道她在想些什麼。我也沒問過爸爸。

他們其中一方或許有跟我說過些什麼，但那畢竟是小時候的事，我記得不是很清楚。在我的記憶裡，事情就是媽媽在某天突然離家出走了。在我已經不是小孩子的現在，也曾想像過這件事背後或許有什麼原因。可是那不會讓我和母親的回憶變成美好的回憶。已經剝落的標籤仍舊沒變，沒有再貼上新的標籤。

我和仙台同學的關係也一樣。

她比我多話，但總是不說重要的事，所以我不懂她在想什麼。要是仙台同學突然從我面前消失，我想自己也不會知道原因為何。

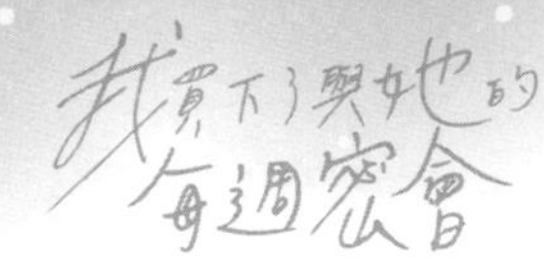

我看向窗外。

天空仍下不膩地持續降下滂沱大雨。

我拉了拉說長不長、說短不短的瀏海。

雨天時會覺得頭髮有點重。

「仙台同學是不是也會這樣覺得呢？」這樣的念頭浮現在我腦海中。她一找到機會便會闖進我的思緒裡，我為此嘆了口氣。

我拿起被我丟在枕頭旁的手機。

仙台同學沒傳訊息過來。

好慢。

雖說在下雨，但也太慢了。

連房間裡都聽得到的雨聲，讓我覺得自己或許該聯絡她，叫她今天可以不用過來了。我有些猶豫，讓手機上顯示出仙台同學的名字。在我思考該傳訊息給她，還是該直接打電話給她的時候，門鈴響了。我從房裡的監視螢幕上看到仙台同學，急忙幫她打開大廳的門鎖。過了一會兒，門鈴又響了。因為那是從玄關前傳來的，我走出房間，打開大門，只見一身濕淋淋的仙台同學就站在門外。

什麼都沒變。

她無論何時都一樣。

不管我做了什麼事，她都會一臉若無其事地過來這裡。

就連在這種下大雨的日子也一樣。

「妳沒帶傘嗎？」

「看就知道我有帶了吧？抱歉，不過妳可以借我一條毛巾嗎？」

氣象預報說是晴天，所以她就算沒帶傘也不奇怪。不過仙台同學似乎不相信氣象預報，右手上拿了一把小傘。

「妳進來吧。我借妳衣服，妳去裡面換。」

我對制服正在滴水的仙台同學說。

「這樣會弄濕妳家走廊喔？」

她說得沒錯。

要是剛才明明有撐傘卻渾身濕透的仙台同學走過去，的確會弄濕走廊。要是她像平常一樣走進房間，應該也會弄濕房間地板。

「沒關係。弄濕也只要擦乾就好了。」

「不好啦。借我毛巾。」

「那我拿毛巾跟衣服過來，妳在這裡換衣服如何？」

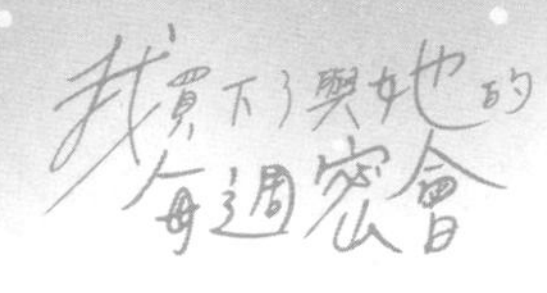

「在這裡？」

「在這裡。反正這裡除了我之外沒其他人，也不會有人過來。而且就算用毛巾擦過，衣服也不會乾。仙台同學穿著制服進來的話，還是會弄濕走廊跟房間吧。」

她的制服可不是用毛巾擦過就沒事了。如果她不想弄得我家濕答答的，就要想辦法弄乾她的制服。倘若有不脫下來就能弄乾制服的方法也行，然而那種方法並不存在。

「我沒有在玄關脫衣服的嗜好。」

仙台同學斬釘截鐵地說。

這回答否定了我的好意，不是什麼好答案。

「妳擔心會弄濕走廊的話，就在這裡脫啊。」

「借我毛巾。」

仙台同學強硬且明確地說。

穿著濕透的制服應該很不舒服吧，可是她似乎無論如何都不想在這裡脫下制服。理由想必是「因為這裡對她來說是別人家」或「因為我站在她面前」這兩者其中之一，後者恐怕比較接近正確答案吧。

我倒不是不能理解她的心情。

這卻讓我不太高興。

說是這樣說，但我也不能放著一身濕的她不管。

「我去拿過來，妳在這邊等我。」

我留下這句話，走回房間。

我從五斗櫃裡拿出浴巾，把手伸向T恤。猶豫片刻後，我只拿著浴巾回到玄關，發現仙台同學解開了平常總是綁著的頭髮。

濡濕的頭髮勾勒出徐緩的弧線，垂在肩上。

這副模樣我曾在體育課後看過好幾次。

不過分班後我就沒再看過了。

仔細一看，濕透的制服上衣緊貼在她的身上，甚至能看見裡面的內衣。

仙台同學這副我現在才意識到的模樣，使我的心跳聲逐漸加快，我把手上的浴巾用硬塞過去的方式遞給她。

「拿去。」

「謝謝。」

仙台同學簡短道謝後，開始擦起頭髮。

她沒問我衣服的事。

「仙台同學，妳的制服怎麼辦？」

「我用毛巾擦過就好了。」

「才不好。」

「宮城妳很不死心耶。」

「我借妳衣服穿，妳脫掉啦。」

遭到否定的好意讓我不肯補上「我會回房間去，不會看妳換」這句話。

「……妳就那麼想要我脫嗎？」

仙台同學也不肯說我在這裡很礙事。

我們都不肯說只要說出來就好了的話。

「沒錯。這樣下去妳會感冒。」

人類的身體機能可沒有方便到因為是七月就不會感冒。就算是七月，渾身濕透了還是會著涼、感冒。所以在這裡把衣服換下來比較好。

我是這樣想的。

仙台同學卻否定了我的這份心意。

「妳不要動。」

我抓住仙台同學正在擦頭髮的手。

「這是命令？」

「對，命令。」

我看著她濕透的上衣。

第一顆釦子跟平常一樣，已經解開了。

第二顆釦子還沒解開。

我放開仙台同學的手之後，她放下了原本抓著浴巾的手。

我解開領帶，也代替仙台同學解開了第二顆釦子。

「我沒帶可以換穿的衣服過來。」

「我剛剛就說了，我的衣服借妳穿。」

我要她把橡皮擦藏在制服讓我找的那一天——

我還記得她要我在規則裡加上「不能脫她衣服」這一條。可是我們沒講清楚這是否正式加進規則裡了。

我沒停下來的手慢慢地解開了她的第三顆釦子。

仙台同學沒有抵抗。

就算我把手放上了她的第四顆釦子，她也沒說什麼。

我知道自己不是什麼都能做，卻漸漸搞不清楚界線在哪裡。因為仙台同學不管什麼命令都聽，害我變得很想去試她的底線在哪裡。

把她像狗一樣套上鎖鏈，綁在房間裡，她大概也會接受。就算我做了跟她約好說不會做的事，我覺得她也會原諒我。

存在於我們之間的規定漸漸變得薄弱，我覺得自己會一腳踩進至今為止從未踏入的領域。要是綁住仙台同學的那條領帶留下了明顯的痕跡，或許就能取代那條變淡的界線，讓我只要看到領帶，就不會做出太超過的行為。

可是領帶沒在她身上留下痕跡，她也沒有反抗我。

——不是這樣。

我這樣做是為了仙台同學好。

我的好意雖然被她否定了，但我沒有因此捨棄這份好意。

我這樣做是為了避免她感冒，不是在測試她，也不是要打破我們的約定。

雖然我的心跳得有點快，但那只是我的錯覺。

我們還同班的時候，就曾經在同一間更衣室裡換衣服。

我已經看過好幾次她接近裸體的樣子了。

脫掉她的衣服這種事根本不算什麼。

我解開第四顆釦子，把剩下的釦子也全都解開了。

我抓著第二顆和第三顆釦子間的前襟，拉開她的上衣後，可以清楚地看見她的內衣。

那是一套簡約樸素的白色內衣，沒什麼特別之處。款式隨處可見，毫無新意。我以前在更衣室應該有看過她穿更花俏的內衣，不過她今天穿的是就連我都會有的款式。

儘管如此，我的心臟卻吵得要死。

我只是因為她會感冒才脫的。

我明明沒有別的意思，現在卻希望仙台同學能阻止我這雙手。那彷彿是在證明我有別的意思，令我呼吸困難。

就此停手比較好。

我明白，但手依然在動。

我一邊尋找可以合理化自己行為的理由，一邊觸碰她的內衣肩帶。

釦子全解開的上衣奪走了制止我的話語。

在我指尖下的白色肩帶軟弱無力，我的手稍稍一動，就能輕易地脫下。

毫無困難。

我輕輕挪動她肩上的那玩意後，看了看仙台同學，她沒有露骨地擺出抗拒我的表情，但一看就知道她並不歡迎我這麼做。明明是這樣，她卻沒叫我住手。我把手從仙台同學身上收回來之後問她。

「妳不抵抗嗎？」

「是宮城妳命令我不准動的吧？」

如果不是命令，她就會反抗了。

雖說這也是理所當然，但仙台同學用聽起來像是這麼回事的語氣說道。

「妳反抗一下如何？」

「妳如果打破我們的約定，我就會反抗。」

「原來這不算違反規則啊？」

「要不是我制服全濕，我就會揍妳了。」

「表示這次是特例？」

「對。畢竟這樣穿著我會感冒。」

就算脫衣服這件事違反規則，只要有理由就行了。

是這麼回事吧？

我們的約定沒那麼嚴格。

比想像中更有彈性，可以因時制宜。

要說方便行事也行。

「可是我還沒給妳五千圓。」

「妳打算不給我嗎？」

「等等給妳。」

我不可能不給仙台同學五千圓。今天也是，要不是她淋得一身濕，我早就給了。不這樣做，仙台同學就不會來這裡。相對地，儘管旁邊附有「在常識範圍內」的註釋，只要給她五千圓，她對我的命令就幾乎是照單全收。

規則正持續轉變為對現在的我們更有利的形式。不但可以事後付款，今天還得到了「特例」這個名正言順的理由。所以我就算繼續脫掉仙台同學的衣服也不會有問題，手卻動不了。我明明已經解開了濕答答的上衣釦子，卻沒辦法更進一步。

我討厭這樣，彷彿我脫她衣服是別有用心。

我討厭這種像是我做了什麼虧心事的感覺。

我也討厭就算衣服要被脫光了，卻毫不動搖的仙台同學。

她總是這樣。

把麻煩的選項推給我，逼我做出選擇。今天也是，要決定接下來該怎麼做的人是我。仙台同學一副事不關己的樣子。

明明就連現在，她其實也沒有不想讓我脫她的衣服。

我對仙台同學伸出手。

我將掌心放到靠近她心臟的位置，然後順勢按上去。

「仙台同學好冰。」

我已經搞不清楚我的心跳速度到底快不快了。

只是仙台同學的身體冰涼到讓我有種自己體溫很高的錯覺。

「因為我淋得一身濕啊。」

就算不細看，我也知道是濕透的制服奪走了她的體溫。

我碰了她的臉頰，果然很冰。

就算碰她的嘴唇，也依然冰涼。

她身上每個地方都冰得嚇人，我的手離開她身上後，仙台同學摸了我的臉。

「宮城好溫暖喔。」

冰冷的手奪走了我的體溫。

這麼說來，那時候仙台同學也摸了我的臉。

我們初次接吻那天——

她的手遠比現在更為溫暖。那是五月的事，那天發生的事我記得很清楚，但不太記得那究竟是哪一天。因為那不是該貼上標籤整理的記憶，也沒在我心中的月曆上留下記號。

可是，假如我此刻在這裡吻了仙台同學，會怎麼樣呢？

愚蠢的念頭掠過腦海中，我抓住她正摸著我臉頰的手，把她拉近我。

儘管不到雙唇相接的程度，她那姣好的臉龐仍近在眼前。

我和仙台同學四目相對。

我又試著把臉靠近了一點。

然而她沒有閉上眼。

我是不介意我們接過吻的事實殘留在我的記憶裡，卻不想留下企圖吻不肯閉上眼睛的仙台同學並遭她拒絕的記憶。

我放開她的手，稍微往後退。

我沒辦法繼續看著仙台同學的眼睛，拉開了她的上衣前襟。

沒能脫下肩帶的白色內衣映入眼簾。

心臟起了反應，我輕輕呼出一口氣。

我的唇吻上她的胸口。

我用力吸吮她冰冷的身體後，仙台同學抓住了我的肩膀。不過她只是抓著，沒有要推開我。我沒在心中的月曆上留下記號，而是在仙台同學身上留下了紅色的印記。

我緩緩把臉挪開。

我看向她，她的胸口上留下了淡淡的紅色痕跡。

我像是要確認似的撫摸著痕跡。

我的指尖宛如被她濕潤的肌膚給吸住，用力壓下。在我覺得只有變紅的地方很燙，打算再吻上去的時候，她抓著我肩膀的手加重了力道。

「妳不是要脫我衣服嗎？」

我聽到她不高興的聲音而抬起頭，只見仙台同學臉上正掛著不悅的表情。

「因為我覺得痕跡不會留很久。」

我像是在找藉口，說出了有別於問題答案的答覆。

「這種的馬上就會消失了，無所謂。」

我沒有用力留下紅色的印記。

不過是明天大概就會消失的程度，位置也還在不會被人看見的地方，仙台同學沒道理要生氣，我沒脫她衣服也不是什麼她該發脾氣的事。即使如此，我還是覺得待在現場很尷尬，離開了她身邊。

「我去拿衣服過來。」

我逃也似的說完，拋下仙台同學走向房間。從衣櫃裡拉出一件給她替換用的衣服後，我立刻回到玄關，把衣服塞給仙台同學。

「我會待在房間裡，妳換好衣服就過來。」

我留下這些話，沒等她回應就轉身回房。

第3話 我不知道這樣的仙台同學

我坐在床上看著自己的手，發現淋濕了仙台同學的雨也弄濕了我的掌心。

我用力握緊雙手。

今天的我很不對勁。

我想脫掉仙台同學的衣服，甚至為此找理由。

更進一步來說，是我想看她脫下衣服的模樣。

——這種念頭絕對很不對勁。

「宮城，我要進去了喔。」

隨著敲門聲，平常根本不會特地跟我說一聲才進門的仙台同學的聲音隔著房門傳了進來。

「妳就跟平常一樣，想進來就進來啊。」

我用在走廊上也能聽到的音量抱怨後，穿著我的T恤和運動褲的仙台同學走進了房間。

「是這樣沒錯，但我就沒來由地想說一聲。」

仙台同學簡直像穿著自己的衣服一樣地穿著我的衣服，和看慣了的制服打扮不同，充滿新鮮感。要順便再多說兩句的話，我穿起來不過是普通家居服的T恤和運動褲，在仙台同學身上看起來顯得高級了些。我雖然不想承認這是容貌帶來的差距，但就是這麼一回事吧。

我不能接受，卻也無法否認。

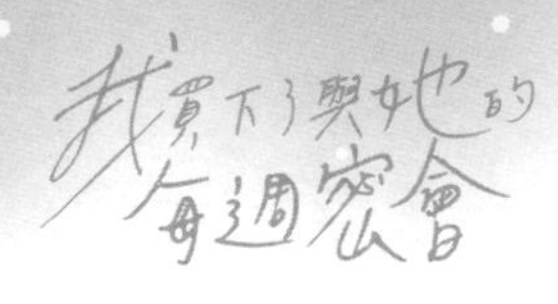

「仙台同學，制服給我。」

我帶著總覺得仍有些煩悶的心情站起來，朝她伸出手。

「妳要怎麼處理？」

「我們家有浴室乾燥機，我去用那個烘乾妳的制服。」

「太好了。畢竟我也不想穿著濕答答的制服回家。」

仙台同學這麼說完後，把制服交到我手裡。我接過制服，走向浴室。

今天的一切都很不對勁。

一定都是下雨的錯。

就是因為下了莫名其妙的雨，事情才會變成這樣。

我把制服掛到衣架上，晾在浴缸上方。

打開浴室乾燥機的開關，深呼吸。

「沒事了——已經沒事了。」

我這樣說給自己聽之後回到房間，拿起放在桌上的五千圓。

「拿去。」

我把錢拿給站在書架前的仙台同學。

「謝謝。」

五千圓隨著她的道謝被收進錢包裡。接著沉默便降臨了這個房間。

我漫無目的地坐到桌前之後，拿著漫畫過來的仙台同學也跟著在我身旁坐下。可是她沒看漫畫，開始寫起了作業。我背靠著床，打開她拿過來的漫畫。

看書或是寫作業。

這種時候的沉默只有一開始會讓人在意，現在不說話也不是什麼令人難受的事了。

然而今天不一樣。

沉默緊緊纏繞在我身上，緩緩地勒住我的脖子。明明在做跟之前一樣的事，我卻覺得難以呼吸，一心只想離開房間。

「是說妳給我的五千圓都是一張五千圓紙鈔，妳每次都會去換鈔嗎？」

仙台同學或許也跟我有同樣的感覺吧，她用開朗的語氣開口說道。

「是沒錯，妳幹嘛問這個？」

我從漫畫上抬起頭，看著仙台同學。

正確來說不是每次。我會一次去換好一定的量。

不管我拿一萬圓紙鈔給仙台同學找錢，還是給她五張一千圓紙鈔，都會明顯地有種我們在做金錢交易的感覺，所以我早就暗自決定要準備五千圓紙鈔給她。

「沒有啦，只是覺得妳很可愛。」

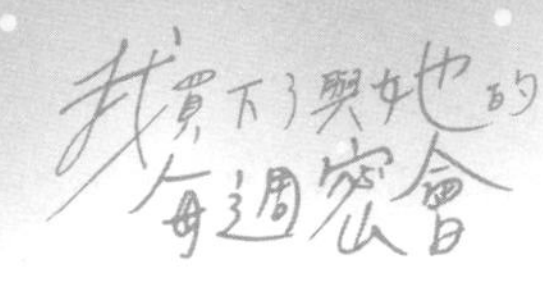

「咦？」

「因為妳為了給我，特地跑去換鈔對吧？這種行為很可愛啊。」

穿著我熟悉的衣服，看起來很陌生的仙台同學笑著這麼說。

「吵死了。這種話妳可以不要說出來。」

「我覺得有點吵正好啊。」

仙台同學看著我，彷彿在說今天就是這樣的日子。

「話說回來，宮城妳啊，暑假不去補習嗎？去上課業輔導或考生衝刺班。」

「不去。」

「那念書呢？」

「我會寫作業。」

「那是最基本的吧。除此之外呢？」

「不想念。」

我知道那是自己非做不可的事，卻不想做。我也不想去上課業輔導或是考生衝刺班。

「好好念書啦，我們是考生吧。」

仙台同學語氣認真地說，拿筆尖戳了戳我的腿。

沒過多久就要放暑假了。

一想到長假即將到來，我就憂鬱了起來。

學校無論是教室或走廊都洋溢著一股興奮感，每個人都在等待著暑假。

我雖然無法融入這股氣氛當中，卻也無可奈何。

畢竟不歡迎長假的學生絕對是少數，要大家配合我根本是天方夜譚。少數派只能擺出少數派該有的樣子，乖乖待在一旁。

暑假對我來說太漫長了。

待在家裡也只有我一個人，就算要跟朋友出去玩，也不可能每天都有約。在我們成了準考生的今年更是如此。儘管有約好了幾天，跟去年相比仍少了許多。大家都要補習，不是要去課業輔導班就是要去考前衝刺班，和去年不同，都有既定的行程。接下來就算還有一些約，理論上也不會比去年多才對。

無聊。

我是很習慣獨處，卻不喜歡獨處，所以我討厭長假。

「志緒理，妳這樣會長皺紋喔。」

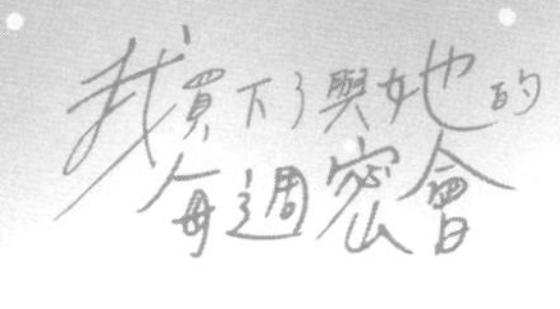

吃完便當的舞香從我的斜前方伸手過來，用食指揉壓我的眉間。坐在對面的亞美就只是笑著看我和舞香，沒有出手救我。

「妳這樣壓我的眉間很不舒服耶。」

光是手指靠近眉間就讓人快起雞皮疙瘩了，我不想讓她一直摸，便抓住舞香的手，把她的手放回桌上。因為進入午休時間而吵吵鬧鬧的教室靜不下來。舞香也和班上的大家一樣，開心地笑著，又把手伸過來戳了我的眉間。

「舞香，我就說這樣很不舒服了。」

我戳了戳舞香的腰，逃離她的指尖。

「志緒理，妳這樣犯規啦。」

「妳攻擊我的眉間也是犯規啊。」

我對著舞香這樣說之後，看著我們的亞美也笑著開口。

「真的很不舒服耶。為什麼被人戳眉間會那麼不舒服啊？」

「我不知道，但是很不舒服，所以別再碰我的眉間了。」

我摸了摸仍覺得不太對勁的眉間，一口咬下從福利社買來的麵包。

「抱歉、抱歉。最近志緒理沒什麼活力嘛，所以我才想讓妳打起精神來。」

舞香感覺有些刻意地說。

我只是沒那麼興奮而已，不是沒活力。不過在她們兩個眼中看來，我好像很無精打采的樣子，亞美也開口問我：「發生什麼事了嗎？」

是發生了什麼事，可是我說不出口。

我跟仙台同學說好，不能把放學後我們之間發生的事告訴任何人。而且就算我沒跟她訂下這種約定，下雨那天發生的事也不是能告訴其他人的事。

「我只是太晚睡了所以很睏。要是有人請我吃點什麼，我馬上就能打起精神了說～」

我說晚睡是真的，不過很睏是假的。要隱瞞不能說的部分向她們解釋太麻煩了，我便夾帶著謊言，說了個好像很合理的答案，把所剩無幾的麵包全收進胃袋裡。

「請客喔，妳想吃什麼？」

舞香看著我，或許是想回應我的要求吧？然而在我回答之前，亞美先開口了。

「我想吃冰，請我。」

「我為什麼要請妳啊？」

舞香傻眼萬分地說，不過亞美完全不在意，決定了我們放學後的行程。

「不請我也沒關係，我們三個一起去吃冰吧。畢竟今天這麼熱。」

今天的確很熱。

或許是今年到目前為止最熱的一天。

連在走廊上與我擦身而過的仙台同學也不停用手對著臉頰搧風。

她明明很怕熱，但就算是盛夏，她在學校也只會解開上衣的一顆釦子。今天她也只解開了一顆釦子，第二顆釦子好好地扣著。所以看不到我在下雨那天留下的吻痕。

當然即使解開了兩顆釦子也看不到，而且在那之後又過了幾天，吻痕應該早就消失了。不過我有股強烈的念頭想確認那個吻痕是不是還在。

我會這樣想很奇怪。

這我也知道。

我雖然知道卻還是這麼想，是因為我昨天沒能確認。

放學後，我一如往常地叫了仙台同學過來，想要她讓我解開她的上衣釦子，看我留下的痕跡。

可是我說不出這個命令。

「我說吻痕啊……」

我下意識地開了口，心想著這下糟了。然而在我收回脫口而出的話之前，舞香便抓住了我的話柄不放。

「吻痕？」

「沒錯，妳們覺得那個會殘留多久啊？」

我放棄掙扎，向她們問起我很在意的事。

「咦？什麼？志緒理妳做了那種事情嗎？」

舞香兩眼閃閃發光地看著我。

「我又沒有對象，怎麼可能會做那種事啊？是我之前看到茨木同學的脖子上有吻痕，才有點在意啦。」

我沒看過那樣的茨木同學。儘管如此，我會臨時謅出這個藉口是有原因的。

『用檸檬敷在吻痕上，能讓吻痕更快消失。』

這是因為我想起自己在仙台同學的手臂上留下吻痕的那天，從她口中聽說茨木同學曾這樣說過。我想即使我看到茨木同學在顯眼的地方留下了吻痕，也不是什麼奇怪的事，才會這麼說。雖然很對不起茨木同學，但我覺得這也很符合她的形象。

「啊，原來是這樣。」

舞香的反應如同我的預期，讓我感受到素行的重要性。也理解到事實就是這樣被人捏造出來，變成八卦傳開的。

「應該會殘留好一段時間吧？妳說是吧，亞美？」

舞香語帶調侃地說。

「為什麼要把話題丟到我身上啊？我又不知道。」

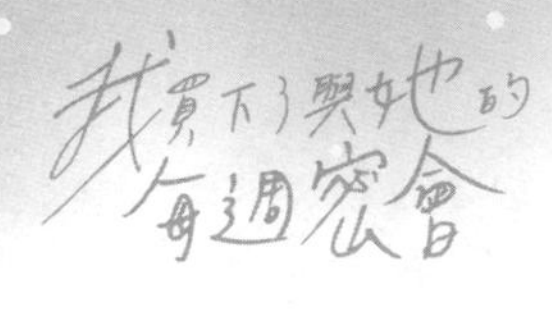

「咦～妳跟杉川沒做過嗎？」

舞香愉快的聲音傳來。

她口中的杉山是亞美最近交到的男朋友。雖然跟我們就讀不同學校，不過我常聽到他們兩個會一起去念書。

「因為我和杉川是純潔正派的交往關係啊。」

如果不留下吻痕叫做「純潔正派」，就表示我跟仙台同學之間的關係既不純潔也不正派。不過我們又沒在交往，所以要說跟清純正派無關，那也無話可說，再說我也沒在追求什麼清純正派。

只是我實在不知道，不清純也不正派的我們，之後到底會變成什麼樣子。

我不知該拿自己如何是好。

最近我開始不知道該在什麼時候找仙台同學過來了。

在發生討厭事情的那天，找仙台同學過來。

我心中的這條規則已經毀了。

所以我無法掌握下一次叫仙台同學過來的時機。

我昨天才叫她來過，所以今天不該找她，明天好像也太快了。而且仙台同學還要去補習，讓我更想不透該什麼時候找她才好。

我看向窗外，宛如用顏料塗抹出的一片蔚藍天空映入眼簾。

在仙台同學淋成落湯雞來到我家之後，梅雨季馬上就結束了，天氣好得令人厭惡。仙台同學的制服想必不會淋濕，我也沒有機會脫下她的制服。

今天又悶又熱，讓人頭暈腦脹的。

要是能再涼一點就好了。

我對太陽沒有恨意，卻仍瞪著感覺連一滴雨都不會下的天空。

我提不起勁。

不過身旁的人似乎跟我不一樣。

到底是哪裡有趣了？

我看著在筆記本上奮筆疾書的仙台同學。

坐在我旁邊的她正在寫我的作業，卻莫名開心。

一直在思考該什麼時候找仙台同學過來的我簡直像個笨蛋。只有我的心情很鬱悶，這讓我很不高興。我的身體好沉重，胃裡像是塞滿了石頭，完全提不起幹勁。可是就算世界染成了一片灰，名為明天的日子也必定會到來，等我意識到的時候，距離暑假已經剩下不到一週了。

今天恐怕是我在放假前最後一次見到仙台同學。

「仙台同學，幫我從書架上拿小說過來。」

我從她手裡搶走筆後，傳來她有些不高興的聲音。

「自己去拿啦。」

「這是命令。哪本都好，妳隨便拿一本過來。」

「是是是。」

仙台同學一副拿我沒轍的樣子，站起身走到書架前。

我明明說隨便拿哪本都好，她卻沒有馬上回來。她「嗯～」地沉吟，認真挑選小說，悠悠哉哉地晃了回來。

「請收下。」

仙台同學故意用敬畏的語氣說道，把小說遞給我。我卻沒接過那本小說，把剛才從她手裡搶來的筆丟到桌上。

「朗讀那本小說。」

「我就想說妳會這樣講，所以挑了一本頁數比較少的。」

仙台同學在我身邊坐下，翻開小說。

她從那本薄薄的短篇集接近正中間的位置開始朗讀內容。儘管之前從未發生過她沒有從頭開始朗讀這種事，但她依舊遵從了我叫她「朗讀」的命令。

我覺得她這樣真的很惡劣。

她是明知道我希望她從頭開始朗讀還故意做這種事的，所以我覺得很不爽。

不過她的聲音很好聽就是了。

聽著就會感到心情平靜，舒服得令人昏昏欲睡。

「宮城，調低空調的溫度啦。」

原本在朗讀小說的聲音突然變成了渴求涼爽的聲音。

「不要，妳趕快讀下去。」

「要我繼續朗讀是可以，可是很熱耶。」

仙台同學拿起我放在桌上的墊板，開始搧風。

這個房間裡的溫度對我來說恰到好處。

冬天是這樣，夏天也不例外。這裡是我的房間，所以會配合我的感受來調整。然而接下來會有好一陣子見不到面，我想偶爾配合一下怕熱的仙台同學也行。

「那妳自己調啊。」

我指著桌上的遙控器。

「宮城真小氣。」

我都把房間溫度這個相當重要的事情讓給她了，仙台同學卻開口批評我。不過她立刻調整了空調原先設定的溫度，甚至有些涼過頭了。

或許是吐出冷風的空調讓她心滿意足了吧，她喝了口麥茶，翻起小說。

她朗朗讀出小說的內容，我的眼皮變得有些沉重。

我趴到桌上。

桌子涼涼的，感覺很舒服。

——不如說有點冷。

我爬起來，抓住仙台同學的手臂，發現她的身體也冰冰涼涼的。

「等一下，宮城，妳這樣我很難繼續讀耶。」

我在她的手臂上摸來摸去之後，聽見她的抗議。儘管如此，我還是繼續摸著她的手臂，當我猶如在確認觸感，撫摸著她的上手臂時，仙台同學用低沉的聲音說道。

「不要摸我。我不用朗讀了嗎？」

「妳不用朗讀了，快調高空調的溫度。很冷。」

我的手離開她身上，摩挲著自己的手臂。

「調高溫度會熱。妳會冷就找件衣服穿啊。」

她語帶不悅的聲音傳來。

「仙台同學才是，會熱妳就脫啊。」

「我已經沒衣服能脫了啊。」

「不是還有制服上衣能脫嗎？」

「宮城妳這色鬼。」

我倒不是認真要她脫，這話真冤枉。我不由分說地調高空調的溫度。過了一會兒，太涼的房間變回舒適的溫度，仙台同學緊緊皺起眉頭，呼出一口氣。

「好熱。」

雖然我早就知道了，但不管是在學校還是在這個家裡，我和仙台同學都是水火不容。我有試著努力去習慣她覺得舒適的溫度，然而還是受不了太冷的房間，所以我認為在這個家裡應該是仙台同學要妥協才對。

「仙台同學，轉向我這邊。」

「幹嘛？」

「妳別管那麼多，轉過來。」

我這樣說並拉了仙台同學的領帶後，她的身體轉向了我這一邊。我順勢解開仙台同學的領帶，又解開了一顆上衣釦子。

「這樣多少會涼一點吧。」

她有時候會允許我解開她的第三顆釦子，有時候不准。今天似乎是解開也沒關係的日子，她什麼都沒說。

我伸手摸仙台同學的胸口，也就是我在雨天留下吻痕的位置。

「……這裡的痕跡很快就消失了？」

我問了自己一直想知道卻沒問出口的事。

「消失了喔。」

聽到她小聲的答覆，我摸著她胸口的指尖加重了力道。

可是我說不出給我看這三個字。

「手給我。」

我沒等她回答就抓住她的手腕，但她甩開了我的手，可能是不想遵從命令吧？

「妳要做那種事情的話，挑別的地方啦。」

「我只叫妳把手給我，其他什麼都沒說耶。」

「反正妳一定是想留下吻痕吧？手臂上有吻痕的話會很顯眼，別這樣。」

「妳說挑別的地方，那要挑哪裡？」

「這種事情妳自己想啊。」

仙台同學冷淡地說，瞪著我。

她想說的話有一大堆，但這若是命令，她會照做。

我想大概就是這麼回事吧？

「只要看不到就可以了吧？」

我還是問了一下這不用問也知道的事。

「對。」

聽到這彷彿在說當然的聲音，我看著仙台同學。

她身上看不到的地方有限，只有現在被制服遮起來的部分。

我抓住已經解開了三顆釦子的上衣前襟，往左右打開。她的胸口暴露出來，可以看見內衣，我先閉上了雙眼。當我緩緩睜開眼，把臉湊向比上次留下吻痕的地方更高一點的位置後，聽到仙台同學說了句：「宮城，很熱。」

儘管如此我的唇還是吻了上去，碰到的部分很燙。

和她被雨淋濕，渾身冰涼的時候不一樣。

我比之前更用力地吸吮，留下痕跡。

我抬起臉後，就算不至於在暑假期間都不會消失，那裡仍留下了深深的紅色印記。我觸碰那小小的痕跡，溫柔地撫摸。我讓指尖滑過，碰到比那痕跡稍微高一點的位置，再度把臉湊近後，她伸手按住我的額頭。

「宮城妳很喜歡做色色的事情耶。」

仙台同學一邊機械性地扣上釦子，一邊說。

「我才沒有做什麼色色的事情。」

「這種事就是一種色色的事情吧。」

「覺得這是色色事情的人才色咧。」

如果我是別有用心才吻她，或是這個行為本身帶有更深的含意，那這也許就像仙台同學所言，算是一種色色的事情吧。但我今天既非別有用心，這麼做也沒有別的意思，所以仙台同學說的不對。

我為自己找藉口，接著後悔用了「今天」這個詞。

這粗心的用詞連接上了那個雨天。

去回憶那天發生的事，就像是在探尋自己的心情。

雖然暑假太長了讓人很鬱悶，不過這或許是個重整心情的好機會。在假期間處分掉這些我應付不來的感情。只要全都處理掉，一定會恢復原樣的。

我站起來，趴到床上。

繼續朗讀小說。

在我猶豫著該不該這樣說的時候，仙台同學的聲音傳來。

「宮城，妳決定好要念哪所大學了嗎？」

「考得上的大學。」

我沒看仙台同學就回答。

「太隨便了吧？暑假結束後就是第二學期了，再不決定就糟了吧？」

「我就沒興趣嘛。」

「妳暑假要怎麼辦？去上個補習班啦。」

仙台同學開始嘮嘮叨叨地說些我爸都不會說的話，讓我想摀住耳朵。

爸爸不知道是不是對我不感興趣，他從沒仔細問過我關於志願的事，也不會叫我念書。明明我沒去上大學，搞不好也不會去工作，但在我上了高中之後，爸爸也不曾囉哩囉唆地叫我做這個做那個。只會默默給我過多的零用錢。

「那個我之前已經回答過妳了。」

要再把我暑假的預定行程跟比我家人還囉唆的仙台同學說一遍也很麻煩。反正我不久前才回答過，沒必要再說。

「妳之前說妳不會去補習對吧？那要不要乾脆請家教？」

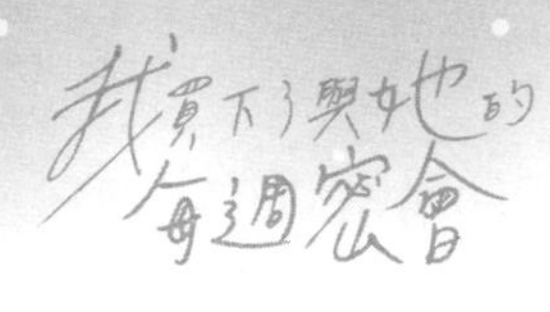

「我怎麼可能請家教啊？是說仙台同學妳很囉唆耶，別管我的暑假要怎麼過啦。」
我爬起來，把枕頭丟向仙台同學。她接下枕頭後隨意開口說道。
「不是啦，是我這邊有個好人選啊，想說可以介紹給妳。」
「妳很不死心耶。不用介紹給我。」
「一週三次，只要五千圓。很便宜吧？」
「一次五千圓？」
我不清楚家教的行情，所以不知道這算貴還是便宜。
「不是，三次算五千圓就好了。」
「——就好了？」
我盯著面帶微笑說著奇怪事情的仙台同學。
「宮城，僱用我啦。我會教妳功課的。」
仙台同學很奇怪。
這不是我所知的仙台同學。
在放假期間來我家。
她至今為止從沒說過這種話。
「……我們不是說好放假期間不碰面的嗎？」

我說要買下她放學後的時間，是仙台同學自己跟我說假日不行，不過除此之外的日子她願意用一次五千圓為代價聽命於我的。而且這個約定一直持續著，去年的暑假我也連一次都沒有跟仙台同學碰面。當然，包括寒假和春假，就連週六或週日，我都沒有跟仙台同學碰面過。

「這是為了補償我折到妳課本的事。」

仙台同學輕鬆地說。

不用回溯自己的記憶，我也記得我的國文課本上有仙台同學留下的折痕。

但是現在說這個，未免也隔太久了。

那已經是很久之前的事了，到了現在也不需要再特地提起，而且我應該已經用狠咬仙台同學的前臂作為她的補償了。

「妳是說僱妳當家教？是說那件事，妳不是已經補償過了嗎？」

「那只是妳擅自咬我，又擅自把那當作補償吧？」

「妳這麼想要五千圓嗎？」

一旦去思考她即使有彈性地改變規則，也要來我家的理由，我只想得到這個而已。畢竟仙台同學拿到的零用錢好像不算多，雖然她不像是需要五千圓的樣子，但應該也沒有其他理由了。

「或許是吧？」

她平靜的聲音傳來。

「……仙台同學妳不是還要去上考生衝刺班嗎？暑假期間也得去吧？」

「反正暑假期間可以調整時間，我可以補習完再過來這裡。只有教妳功課而已，不能命令我。剩下的就跟平常一樣。在暑假前給我答覆。宮城妳要是想加強課業，上課時間由妳安排就好。」

「我沒給妳答覆的話會怎樣？」

「那我就不會當妳的家教，跟去年暑假一樣，不會來這裡。」

仙台同學說完後，翻了一頁她沒有要朗讀的小說。

第4話 我太習慣會去見宮城的生活了

我在放假期間也想見宮城。

我不知道自己心裡是不是這樣想的，但我簡直就像是想見她一樣，提了家教的事。我並不後悔，卻在想自己為什麼會說出那種話。

對舔了我耳朵的宮城。

對用領帶綁住我的宮城。

對想要脫我衣服的宮城。

對不用細想也知道，她一路下來對我做了不少過分事的宮城。

我居然對她說了「僱用我啦」這種話。

我是有什麼毛病？而且真要說起，說要當同學的家教也太不知天高地厚了。這樣感覺有點討人厭，好像我是衝著錢才這麼說的。

我彷彿會溺水般，深深泡進了熱水裡。

「宮城這個笨蛋。」

帶著遷怒味道的聲音在浴室裡迴盪著。

明天就放暑假了，宮城卻沒有聯絡我。雖然我早就知道了，不過這表示她不需要家教吧。畢竟我們說好了假日不碰面，宮城會拒絕也在我的預料之內。可是我很在意我突然說要當她的家教，宮城她是怎麼想的。

反正宮城也很過分，就算我是個討人厭的傢伙應該也沒差，但我還是會介意。

畢竟比起當壞人，還是當好人比較好。比起被人討厭，我更想被人喜歡。

仙台葉月這個人就是由這種單純易懂的行動原理所構成的。這點就算是面對宮城也一樣。原本對宮城而言，我就很難說是個好人了，但我不希望她因為這次的事覺得我是個討厭的傢伙。

只有金錢往來的關係。

我明白我和宮城的關係僅止於此，也認為自己算是接受了這個事實，有時候卻會非常在意我從同學手裡收錢這件事。那是因為我其實並不歡迎五千圓介於我們之間。

我跟宮城變得越是親近，這五千圓就越是沉重。

即使如此，我太過習慣每週會去見宮城一到兩次的生活，沒去見她反而靜不下心來。要是她沒聯絡我，我甚至會想說是發生什麼事了。

其實在暑假期間，我是不該去見宮城的。

我最近太被情緒牽著走了。

空出一段時間很重要，只要有時間，我就能拉出不知被塞到哪裡去的理性，也能找回原有的冷靜。

算了，反正她好像也覺得別跟我碰面比較好，也沒有聯絡我，所以怎樣都無所謂啦。

我將視線往下移。

可以看見胸口上那小小的痕跡。

明明沒膽子脫掉我整套制服，卻有勇氣留下吻痕。

真是個怪人。

宮城就只會做些奇怪的事。

我覺得不要讓她留下這種痕跡比較好。一旦這種看得見的地方有宮城的痕跡，就算我不願意，也會想起她，回憶起過去。拜此所賜，我一直拖拖拉拉地想著她沒聯絡我的事，想從浴缸裡出來都不行。

這種心情早點消失就好了。

暑假已經開始了。

我要去上考生衝刺班，也會跟羽美奈她們碰面。

必須做的事情比去年還多，我沒空一直去想宮城。

「不行了。好熱。」

我從滿是熱水的浴缸裡出來，在浴室前的更衣室擦乾身體，穿上家居服。吹乾頭髮之後，我走向黑漆漆的廚房，從冰箱裡拿了一瓶運動飲料，再回到房間。

我看了一眼放在桌上的手機，通知有新訊息傳來的燈號亮著。

我覺得很麻煩。

現在的時間已經過半夜十二點了。在這種時間還會傳訊息來的對象，不是羽美奈就是麻理子。

不是要約去唱ＫＴＶ，就是要約去聯誼。

今天她們在學校一直滔滔不絕地討論明天後的行程，所以我想她們一定是來跟我說那些事情的。羽美奈說暑假她父母逼她去上補習班，卻也有說她會去打工。麻理子好像同樣會去補習。不過她們也說去唱ＫＴＶ跟聯誼是不可或缺的活動。

我是很期待和平常玩在一起的朋友們一起去玩，但我對聯誼沒興趣。她們兩個找來的男生，總是只有那張臉能看，一點內涵都沒有。

我拿起手機，坐到床上。

我看著手機畫面，如我所料地看到了羽美奈和麻理子的名字。她們傳來的訊息內容也跟我想的一樣。

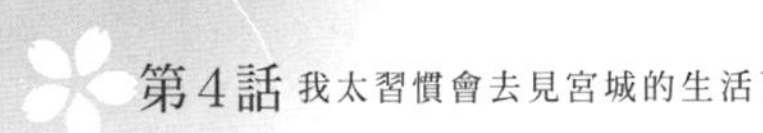

我今年或許可以拿考生衝刺班當理由，推掉幾個約。

我邊想這種事邊仔細看螢幕時，發現上面有宮城的名字。

『週一、週三、週五，一週三次。跟我說妳大概會幾點過來，還有來之前也要先跟我聯絡。』

雖然她話中省略了，但我知道她是在說家教的事。我看訊息傳來的時間比半夜十二點稍微早了一點，表示她在暑假開始前給我答覆了。

她規矩地遵守了我們的約定，我在傳訊息回覆羽美奈、回覆麻理子之前，就傳了一句「我知道了」給宮城。

每週會見到宮城三次。

加進漫長假期中的這個行程也沒什麼了不起的。可是我會見到她的次數比過去這段時間還多，讓我有種奇妙的感覺。我覺得這會比我只有在上補習班的空檔和羽美奈或麻理子她們碰面的假期過得更有趣。

考生衝刺班是個不怎麼好玩的地方。

補習班的老師很認真在上課。上課內容淺顯易懂，我的成績也變好了。可以解開原本解不開的問題、考試分數變高也讓我很開心。我喜歡能夠看見成果的瞬間。

然而我早就發現，不管再怎麼去上考生衝刺班，我的成績仍不足以考上父母期望的大學。就算這樣我還是無法選擇不去，仍舊在上父母所選的考生衝刺班，所以很無聊。

我的成績可以考上別人口中不錯的大學，然而那也沒有多大的意義。

我傳訊息回覆羽美奈和麻理子。

在以學校為基礎延伸出的人際關係裡，聰明懂事的仙台葉月將「我知道了」這句話經過一番包裝後，按下了送出的按鈕。我答應的只有聯誼以外的行程，先保留了關於聯誼的答覆。

自從我開始會去找宮城之後，才知道我比自己所想的更會顧慮他人，感覺很討厭。

我想自己和宮城見面的時候，大概是最輕鬆的。那段時光比我和任何人共度的時間都更有意義，也比待在任何地方都舒適。

「家教是從哪一天開始呢？」

我打開手機的行事曆。

按照宮城指定的日期，是從週三開始。在已經過了半夜十二點的現在，等於是從今天開始的意思。

上午去上考生衝刺班，下午去宮城家。

明明只是要去找她念書，我卻想著要是早上能趕快到來就好了。

◇◇◇

從補習班回來，吃午餐，傳訊息給宮城。從自己家出發，前往平常總是從學校出發的宮城家。

下午的路對我來說太熱了，我挑有陰影的地方走著。天空和梅雨季時在下雨的感覺簡直不像同一片天空，太陽在我的頭上閃耀著。

走路過去大約要十五到二十分鐘。

太熱了，就連這樣的距離我都覺得格外遙遠。

如果是一年前的我，這時候應該已經想回家了，今天卻有力氣抱怨天空，抵達了宮城所住的住宅大樓。我請她幫我解除了大廳的門鎖，搭電梯來到六樓。我在玄關前按下門鈴後，大門馬上就開了。

「這是我第一次看到耶。」

我忍不住說出了我在放假期間初次踏入的宮城家裡，初次看到宮城的感想。

「看到什麼？」

「妳穿便服。」

T恤和牛仔褲。

宮城倒也沒有精心打扮過，只是穿著很常見的服裝。雖然她穿著適合在家活動的輕便服裝沒什麼好奇怪的，可是她穿的不是制服。這理所當然卻又並非理所當然的事，讓我輕輕抽了一口氣又吐了出來。穿著陌生便服的宮城，看起來跟我所認識的她彷彿是不同的人。

「仙台同學妳也穿便服啊。」

「是沒錯啦。」

我今天的行程只有去補習班，還有來教宮城念書而已，沒什麼需要特別顧慮的事，也沒有需要精心打扮的理由，所以我只做了短褲加襯衫這種普通的搭配。

「妳腿很長耶。」

宮城直盯著我看。

「妳就算誇我，我也沒有東西可以給妳喔。」

「我不是在誇妳，只是說出我所看到的事實。」

宮城冷漠地說完後走向房間。我像平常一樣，走在跟平常不一樣的她身後進了房間。然後宮城給了我五千圓。

「這是週三跟週五的份。」

「上完三次課再給我就好了。」

「三次很難記，在每週一開始的那次給妳五千圓就好了吧。所以這是這週的份。」

一週三次的家教。

要收費的話，我覺得事後收費比較好。

在我當了三次家教之後再收錢，我在心情上會比較輕鬆。

可是宮城似乎想先付錢。而且還不是用三次當一個區間，而是用一週來計算，跟我的意見不合。

「我週一又沒來，用五千圓當這週的份太多了吧？」

「那樣很麻煩，算五千圓就好了。」

宮城可能是對已經給了我的東西沒興趣吧，她態度隨便地說完後便坐到桌前，打開課本。

「我知道了，謝謝。」

我已經學到就算不肯罷休地纏著固執的她爭論，也只是徒勞無功，不會有好事。我老實地把五千圓鈔票收進錢包裡，在宮城身旁坐下。

「所以老師，我們今天接下來要做什麼？」

我看向客套地這麼說的宮城，她一臉擺明了沒幹勁的樣子。

桌上擺著她攤開的課本，還有老師出來當作暑假作業的講義跟習題。都是宮城不擅長的科目。

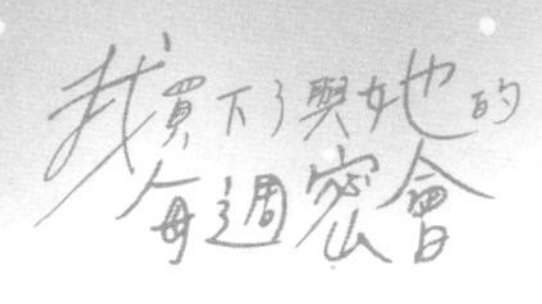

她是想要我幫她寫作業吧？

就算班級不同，暑假作業的內容也是一樣的，如果只是要寫完那堆講義和習題，那我來寫是比較快。只是那樣就沒有意義了。雖然我也沒多認真地想當她的家教，但是我畢竟收了她的錢，所以宮城應該要自己寫，有不會的地方我再教她吧。

「那當然是要念書吧？還有不要叫我老師。」

「又沒關係，妳就是仙台老師啊。」

「妳明明就沒把我當老師。妳其實根本不想念書吧？」

「沒有人會自己主動想念書啦。」

我把這句差點脫口而出的話給吞了回去。

那妳為什麼要答應找我當家教的提案啊？

我雖然在意，但覺得這話不能說出口。要是說了，感覺宮城就會改變心意了，而且她要是問我為什麼會主動說要當家教，我也很傷腦筋。

「總之先從寫作業開始吧。」

我拿起一張講義放到宮城面前。

「仙台同學妳會幫我寫吧？」

「不對，宮城妳自己寫。有不懂的地方我會教妳。」

「好好好。」

宮城一副嫌麻煩的樣子，說出了平常我在說的台詞，然後低頭看向講義。我也攤開自己的作業，把答案寫在講義上。

房間靜悄悄的，我看向身旁。

剛才嘴上還在抱怨的宮城正認真地在解題。從她的講義上看來，有幾題答錯了，不過我決定等等再一併教她，先寫起自己的作業。

這是我第一次在不用上學的日子來到這個房間裡，卻和之前沒什麼不同。畢竟宮城和要上學的日子一樣給了我五千圓，人也在我旁邊。

可是我想不會一直是這個樣子。

在長假期間碰面，表示宮城這個人比起過去，與我有了更深的關聯性。

春天來臨，從高中畢業，在那之後我想必就不會再跟宮城碰面了。和宮城變得更親近明明沒有任何意義，我卻特地在暑假跑到她家來。雖然我找了一些理由，像是我很中意宮城，或是這房間待起來很舒服等，然而我不知道自己究竟是在往哪個方向前進，有些不安。

即使如此，我還是選擇來到這個房間。

就連可以不用來的暑假也跑來這裡。

我不太喜歡這樣的自己。

像是一直在解一個解不開的問題，讓我頭痛了起來。

「宮城，妳明天要做什麼？」

我彷彿要逃離這份與暑假不相襯的黯淡心情，開口問她。

「什麼是指什麼？」

「明天的安排。」

「我一定要告訴仙台同學嗎？」

宮城從講義上抬起頭，看著我。

「是沒有一定要說，可是閒聊一下也無妨吧？」

「……我會跟舞香她們碰面。」

跟宇都宮還有另外的某個人嗎？包含在她所說的「她們」裡頭的，我想一定是升上三年級之後就經常和宮城一起行動，叫白川的女孩子。

「妳們要去哪裡？」

「去哪裡都可以吧？仙台同學妳是囉唆的老媽喔？」

「我覺得我沒像老媽那麼囉唆啊。」

我倒不是認真地想弄清楚宮城的行程。

在放假前感覺百無聊賴的宮城也有約，讓我有點在意那是怎樣的行程。就只是這樣，不過是閒聊個兩句罷了，卻被她說我囉唆，實在很沒意思。不如說，我覺得連這種小事都不肯回答，反而抱怨起來的宮城還比較囉唆。只是宮城像是要我閉嘴地說了。

「我覺得妳很煩。」

「就聊一下又沒關係。」

我用筆戳了戳宮城的手臂。

「我要寫作業，不要妨礙我。」

宮城這樣說完後，便在講義上振筆疾書。可是還沒過十分鐘，她就丟開了手裡握著的筆。

「我果然還是不想念書。這個妳幫我寫啦。」

「自己寫啦。還不到一個小時耶。」

「我下次會努力的。」

「那妳把寫錯的地方改好之後，剩下的我幫妳寫。」

「是哪裡寫錯了？」

「總之這裡跟這裡錯了，還有其他地方。」

我用筆尖指出寫錯的地方之後，宮城數了一下數量，露骨地擺出厭煩的表情，但或許是交換條件很吸引人吧，她拿橡皮擦擦掉了錯誤的答案。我為了引導她寫出正確答案，稍微給了一點提示後，她把寫錯的地方全都改過來了。

「剩下的我來寫，在我寫完之前，宮城妳先寫妳擅長的科目。等我寫完了妳再照抄上去就好。」

「……結果還是要寫作業喔。」

「那當然啊。」

就連我接下來預定要寫完的講義，我都不會乖乖讓她照抄。我現在沒打算要說出口，不過我是想在某種程度上讓宮城自己去解題的。她好像沒想到我真的會做些像個家教的事，一臉不情願地寫著新拿出來的習題。

那些分量還不少的暑假作業，一天是寫不完的。

在我們腳踏實地地慢慢填滿講義和習題的空白欄位後，也過了好一段時間。

「要吃晚餐嗎？」

宮城回頭檢視已經寫完的幾張講義，開口說道。

我沒想到暑假她也會跟放學後一樣準備晚餐給我，有些驚訝。

我大概猜得到她會拿出什麼。

一定是市售熟食或是調理包。

雖然跟平常沒兩樣，不過比起在家裡吃晚餐，在這裡吃好多了。

「我要吃。」

我說出早就決定好的答案後，宮城走向廚房。我跟在她身後走出房間，坐到吧台旁的椅子上。我默默地看著站在廚房裡的宮城，只見她把銀色的包裝袋放進熱水裡，銀色包裝最後成了咖哩，被她端了過來。

我們兩人一起雙手合十，說：「我開動了。」之後，我吃了一口咖哩。

「吃調理包是不錯，但妳偶爾也做做飯嘛。」

我將以調理包來說味道還滿高級的咖哩吞進肚子裡，對宮城說道。

「咖哩這種東西吃調理包就好了吧？要做很麻煩耶。」

「妳是不會做吧？」

「要這樣說的話，那仙台同學妳做啊。」

「那妳準備好材料給我啊。」

因為老是讓她請我吃飯也不太好，我是不介意為此付出勞力。先不管宮城覺得好不好吃，我至少能馬上做出一些簡單的菜色。叫我做飯的當事人卻說了很不負責任的話。

「我想準備的話就會準備。」

她不會幫我準備材料吧？

聽到宮城毫無幹勁的回答，我在心中嘆了口氣，將咖哩送入口中。

在簡單的對話過後，晚餐轉眼間就吃完了。

我幫忙收拾並喝著麥茶，看向窗外。

就算先去過補習班，我也因為不用去學校而比平常更早到宮城家來，更早吃了晚餐。儘管如此，隔著蕾絲窗簾可以窺見的天色仍逐漸暗了下來。

「我差不多該回去了。」

雖然我晚回家也不會有人說些什麼，不過我也不能一直待在這裡。我回宮城的房間裡拿了包包，走到玄關。在我穿鞋的時候，她開口向我搭話。

「仙台同學，妳明天也要去補習班？」

那不帶起伏的語調，讓我腦海中閃過我在晚餐前問到的宮城明天的行程。

「不只明天要去就是了。」

我去上考生衝刺班的時候，宮城在跟朋友出去玩。

雖說我們是考生，但也不是每天都得念書不可。所以宮城就算出去玩也沒關係，我卻莫名地感到不爽。

我伸手想打開玄關的大門，又把手收了回來。

轉身抓住宮城的手腕。

「妳幹嘛？」

我把一臉詫異的她拉向自己，吻了她的脖子。

儘管之前接吻過，我的心跳聲還是變快了些。

宮城推了推我的肩膀。

可是我無法阻止自己。

我明明沒想要做這種事，卻用力把嘴唇抵上去，用不會留下痕跡的力道吸吮著她。

嘴唇感受到她柔軟的肌膚觸感。

洗髮精和宮城的汗水混在一起的味道搔著我的鼻腔。我讓嘴唇離開她，又輕輕地碰了一下之後，慢慢抬起頭，對做出這種沒意義行為的自己輕嘆了一口氣。

沒有空調的玄關很熱，我抓著宮城手腕的手也汗濕了。

「不要做奇怪的事情啦。」

她隨著強硬的語氣甩開了我抓著她的手。

「我不過就碰妳一下而已，也沒有留下痕跡，不算太奇怪吧？」

「我不是那個意思。」

「我今天不僅教妳念書，還幫妳寫了作業耶，這是報酬。」

我隨便謅了個理由告訴宮城。

「……我沒聽說有這種機制。」

「因為我沒說啊。」

「不要事後才多加規則上去啦。是說剩下的講義也有很多部分是我自己寫的啊。」

「可是也有一部分是用抄的吧？」

我說了幾句話來補強我謅出的理由，打開玄關大門。我走到住宅大樓的走廊上，宮城也邊抱怨邊跟著走了出來，與我一起搭進了電梯裡。

電梯來到了一樓。我們一同走著，直到抵達入口大廳。

我在走出住宅大樓前說：「再見。」之後，宮城看起來很不高興地回了我一句：「拜拜。」

和過去不同，我知道道別後的下次是什麼時候。

「再見」是指週五見，我不需要等宮城來聯絡我。

在我要回去的時候雖然沒有約好，但後天的行程已經定下來了。

◇◇◇

一定是間隔一天這個煩人的行程表不好。

這讓我有時間去回想昨天發生的事，去想她今天在做什麼。

反覆去想便會留下鮮明的記憶。和念書一樣。從家裡走去補習班的路上、從補習班回家的路上、洗澡的時候、躺在床上還沒入睡的時候。宮城可以闖進來的空檔要多少就有多少。

所以到了已經是週五的今天，我還是很在意昨天的宮城在做什麼。

高中生在暑假能做的事情有限，所以我大概能猜到她去了哪裡。

不是唱ＫＴＶ就是逛街、看電影，或是去遊樂園玩。

也就是這些了，她應該沒去什麼特別不一樣的地方。

妳昨天去了哪裡？

我現在也可以問她本人這個問題，可是我週三問她的時候她不肯回答我，我不認為她今天就會願意回答。

「仙台同學，這邊我看不懂。」

宮城坐在我身旁，用筆指著攤開的習題上面的位置。

「喔，這裡是——」

我在寫有一些數字的紙上，告訴她這題該用的公式。

從記憶中找出所需的東西並說出來不是什麼困難的事。我知道我這樣根本稱不上家教，也不是該收費的事，卻不能沒有任何理由就在放假期間到宮城家來，所以才創造出了這個理由。

我想宮城也已經發現這點了。

就連我週三吻了她脖子的理由，都是隨口謅出來的。

宮城有權為了那個吻而生氣。

那為什麼在我吻她之後，她沒有真的生氣呢？

我雖然想問，不過我想這也是一個就算我問了，她也不會回答的問題。這種不能說出口的話持續增加下去，感覺我總有一天會窒息，好恐怖。

「……妳昨天去了哪裡？」

我把吞進肚子裡的兩個問題中，比較好問出口的那一個說了出來。

「妳幫我寫作業的話，我就告訴妳。」

宮城乾脆地說，把習題放到我面前。

嗯，我就知道會變成這樣。

她是覺得我不可能會幫她寫作業才這樣說的吧，也就表示她沒打算要回答我。

「今天就別寫了吧。」

我闔上宮城的習題，背靠到位在我身後的床上。

「太快了吧？」

開始念書後才過了一個小時，所以要說快還是慢，那的確是快。畢竟還不到能說今天就

到這裡結束的時間，所以我提了一個提案。

「因為時間還早，妳可以命令我喔。」

「那是怎樣？」

「我的意思是，畢竟今天也還不到該結束的時間，我週一也沒來當妳的家教，所以我欠妳的這些部分，妳可以用來命令我。」

我沒把「真要說起來，我這樣根本就不算家教。」這句話說出口。

「妳不要擅自訂新的規則啦。」

「世上有臨機應變這句方便的成語啊，加條新規則也無所謂吧？」

「一點都不好。」

「那接下來要做什麼，就由宮城妳決定吧。提個命令以外的事情。」

提前結束家教的工作，要我去做其他什麼事情都行。反正我也沒特別執著於命令這件事，把一切都丟給宮城決定後，可能是沒有其他好點子吧，她推翻了自己的意見。

「……我要命令妳。」

「我知道了。妳要我做什麼？」

「現在帶我去妳家。」

「啥？」

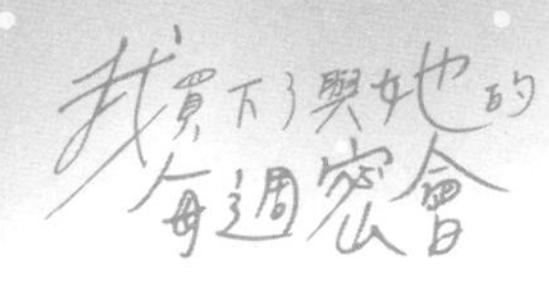

「畢竟每次都是來我家，偶爾去仙台同學家也可以吧？」

她為什麼會想下這種命令啊？

我真想敲開宮城的頭，看看裡面都裝了些什麼東西。

上高中到現在，我從沒找朋友到家裡玩過。朋友們曾說過好幾次想來我家玩，不過我全都拒絕了。雖說朋友來玩也未必會去跟我父母打招呼，但有可能會撞見我父母。如果發生那種事，事情一定會變得很麻煩。我不想特地讓大家知道我跟家人的關係不好，也不想讓別人踏進我的私人領域裡。

「我開玩笑的。」

宮城一副覺得很無聊的樣子說著，打開了我剛才闔上的習題。

「我什麼都還沒說耶。」

「妳接下來要說不行吧？」

「妳哪知道我要說什麼啊？」

我這樣說完，輕輕拍了一下宮城穿著短褲的大腿，她把我的手揮開。

我想這大概表示她心情不好吧。

我吸了一口氣，一鼓作氣地站起來。

「宮城，走吧。」

「咦？」

她愣愣地發出怪聲。

「咦什麼？叫我帶妳去我家的，不就是宮城妳嗎？」

「是沒錯。」

「妳不去的話，我就要坐下了。」

儘管不太情願，不過對象是宮城的話，我覺得讓她進我房間也沒關係。可是開口提出這個要求的當事人如果不想去，我也沒必要硬把她帶去我家。

「我要去，但仙台同學妳也要一起去嗎？」

宮城在我坐下前站起身，說了奇怪的話。

「要我帶妳去，就是要一起去吧，而且我不一起去，妳也不知道路吧？宮城妳知道我家在哪裡嗎？」

「不知道。」

那是當然的。

她從沒問過我住在哪裡，我也沒說過。就因為她一個人去不了她不知道在哪裡的地方，只能由我跟她一起去。可是宮城依然站著沒動。

「宮城，妳怎麼了？不去嗎？」

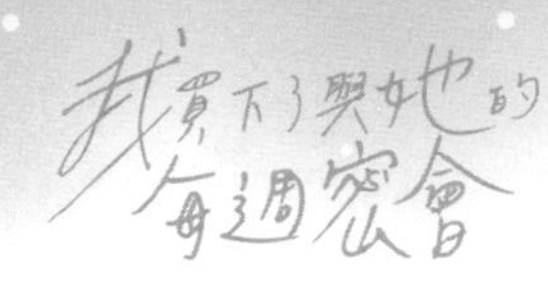

「……有可能會被其他人看到我們一起走在路上，沒關係嗎？」

宮城說的這番話讓我明白她站著不動的理由了。

放學後發生的事情不能告訴任何人，在學校也不和對方搭話。

我們是這樣約好的，所以沒人知道我有在和宮城碰面。這一直是我們兩人的祕密，往後也依舊是我們兩人的祕密。所以她或許是想說我們不能一起走在路上吧，不過碰巧遇到原本的同班同學，一起走在路上也是有可能發生的事，明明要去同一個地方卻分頭行動也很麻煩。

「可以啊，沒關係。」

我簡短回答後，宮城仍不死心。

「妳先告訴我地址，我們就可以分頭過去了。這樣比較好吧？」

我不知道她是在為我著想，還是單純不想被她的朋友看到她跟我在一起的場面，但她正在為了不想跟我一起去而鬧彆扭。

「那樣很麻煩，一起過去就好了吧？要是宮城妳迷路了，我也很傷腦筋啊。」

「有地圖我就不會迷路。我會用手機開導航。我沒有路癡到這樣還會迷路的程度。」

「就算是這樣，我還是會跟妳一起去。反正從這裡過去也沒多遠，就算我們走在一起，路上也不會遇到任何人吧？」

至今為止，我在家附近遇過的熟面孔也就只有宮城。即使是她的朋友，我們應該也不會在路上遇到吧？

我收拾好桌上的東西，抓住宮城的手腕，然後拖著她走出了房間。

「要走大概二十分鐘喔，可以嗎？」

我一邊在玄關穿鞋一邊問她。

「好遠。」

「很近啦。」

走快一點的話十五分鐘就能走到了，沒那麼遠。

我們搭上電梯，移動到大廳。踏出住宅大樓，慢慢往前走之後，宮城過一會兒也跟了上來。我停下腳步，等她跟上。

「途中可以繞去便利商店一下嗎？」

我問走到我身旁的宮城。

「可以啊。」

「那走吧。」

我配合著宮城的步調朝家裡前進，免得走太快把她拋在後頭。

兩個人一起走在我平常獨自走的路上雖然有股新鮮感，但是並不開心。不用想也知道目

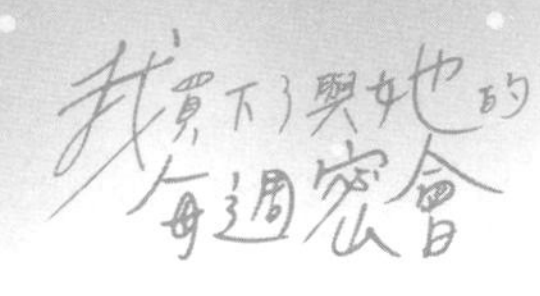

的地很糟。對我來說沒有比暑假期間的自己家更糟的地方了。

我們就這樣慢慢地走了一陣子。

途中繞去了離我家約五分鐘路程的便利商店，買了瓶裝綠茶和汽水。

我會繞路過去的理由很單純。

我不想讓家人知道我帶了人回家。

我不想讓家人看到我拿著兩人份的玻璃杯。

可是走完這段沒什麼遮蔽物的路，我還是得拿點茶水招待宮城才行。

我就只是因為這樣的理由，拿著便利商店的提袋。

「在這裡。」

我在覺得吸了汗水的T恤貼在背上很不舒服的同時，在自己家前面停下了腳步。看向宮城，只見她什麼都沒說，用看著什麼稀有東西的眼神望著我平凡無奇的家。

我從書包裡拿出鑰匙。

然而在我用鑰匙開門前，大門就打開了。

時機不好。

運氣不好。

日子不好。

我不知道哪個才對，但是母親表情冷漠地從玄關走了出來。我家這個目的地果然不是什麼好地方。

「午安。」

宮城發出了與平常不同，一聽就知道她很緊張的聲音，低頭行了個禮。

這種時候如果是一般的母親，應該會回一句「午安」問候對方，說些「妳們慢慢玩」之類的話吧？可是我母親什麼都沒說，只有形式上對宮城點頭致意了一下，就從我們面前走了過去。

儘管我覺得這樣對打了招呼的宮城很過意不去，卻什麼都做不到。

「抱歉，妳別在意。」

我目送母親的背影離去後向宮城道歉，她一臉不知所措地點了點頭。

說不定會撞見我父母。

我雖然有想過這個可能性，但沒想到真的會撞見，害我忍不住想對說要來我家的宮城抱怨個兩句。但那不過是在遷怒，而且是我決定要帶她過來的。

「進來吧。」

我在氣氛變沉重前打開了玄關的大門，一道微弱的聲音追在我身後。

「打擾了。」

我們兩人脫了鞋子走上樓梯，在並列於走廊上的兩扇門前停下腳步。

「妳等我一下，我先進去收拾房間。」

「妳是房間裡亂成一團的那種人嗎？」

「不是，但還是想收一下。」

我沒那麼喜歡打掃，不過我的房間也不亂。儘管如此，要讓宮城踏進我沒預料到會有人要來的房間裡，我還是想先檢查一下。

我讓宮城等在門外，進了房間。

我關上房門，視線看向書架和床舖，這時我看到了放在五斗櫃上的存錢筒。那裡頭裝了我從宮城那裡收到的五千圓紙鈔。雖然這不是什麼被她看到會出問題的東西，但考慮到內容物，我還是不想讓她看到。

總之我打開了空調，從袋子裡拿出寶特瓶放在桌上，接著把存錢筒收進了衣櫃裡。我再度環視房內一周後，開門請宮城進來房裡。

「妳隨便坐。」

「妳房間很大耶。」

走進房裡的宮城這麼說，坐到床上。

「宮城妳房間也很大啊。」

我的房間是滿大的，不過應該還是宮城的房間比較大。

「剛才那是妳媽媽？」

宮城沒看我，一邊看著房間一邊說。

「對。」

「那沒其他人在家了嗎？」

真麻煩。

讓人踏進自己的私人領域，會伴隨而來的各種問題。

儘管我是在明知這很煩人的前提下叫了宮城過來，但還是冒出了這果然很麻煩，以及我都沒問宮城這些問題，她幹嘛問我之類的想法。

所以我才討厭。

我覺得這樣的自己也很煩，於是忽視宮城的話，把手伸向桌上，拿起裝有汽水的寶特瓶遞給宮城後，背靠著床坐在地板上。我打開瓶裝綠茶的蓋子，這時宮城像是在催促我地叫了聲：「仙台同學。」

「我想應該有人在吧？」

我沒看向不死心地要我回答的宮城，隨口答道。

「妳說有人在，是誰在？」

宮城簡直就像在自己的房間裡一樣坐在我的床上，但她或許是靜不下心來吧，前後擺動著雙腿。

「一個聰明能幹的姊姊。」

正在念大學的姊姊開始放暑假後馬上就回來了。我今天雖然沒看見她，不過她應該在房間裡。

「在隔壁房間？」

「對。」

「妳們年紀差幾歲？」

我知道宮城沒有惡意。比起想問這些問題，她應該只是下意識地說出正好想到的事情，想填滿我們之間的沉默罷了。但這些都不是什麼好問題。

「宮城妳很囉唆耶。」

我喝了一口綠茶，把寶特瓶放回桌上。接著轉身面向宮城，抓住她正在擺動的右腳。她從短褲下伸出的腿連膝蓋都暴露在外，我吻了上去，然後順勢讓舌頭爬上她的肌膚。

「我沒有叫妳做這種事。」

我裝作沒聽到，褪去她的襪子。

才剛打開的空調還沒發揮作用。

可能是因為很熱吧，我可以若無其事地做出沒被命令的事。我將舌頭貼上她的腳背，一路舔到腳踝處，她柔軟的肌膚比平常更濕潤，有汗水的味道。

「別舔了啦。」

宮城語氣強硬地說，用寶特瓶推我的頭。我一把搶走冰涼的寶特瓶，放到地板上。我撫摸她的小腿肚，溫柔地吻上她的脛骨後，頭上又傳來了她的抗議聲。

「我又沒命令妳舔我的腳。」

「妳等等就會命令我了吧？」

「才不會。放開我的腳。」

「我不要。」

宮城明明可以補上一句「這是命令」，卻只叫我放開她，沒說這是命令，也沒做出明顯的抵抗。只不過是請求的話語不足以制止我的行為，我用力抓住她的腳踝，咬了她的腳拇趾。

「仙台同學，這樣很痛。」

宮城還是一樣很囉唆，但沒有再問多餘的事了。她沒踢我，也沒下命令叫我住手。

做著這種事的時候，我總會覺得，我跟宮城好像都很期望可以這麼做。

比起她追問我一些無聊事好多了。

原本只是這樣的行為感覺快被不同的行為給取代，於是我又更用力地咬了她的腳拇指。

「就說很痛了。」

她的音量出乎我預料地大聲，讓我鬆了口。

「妳不要那麼大聲啦。隔壁會聽到。」

我們家的牆壁是沒那麼薄，這也不是隔壁能聽到的音量，可是這內容被人聽到我會很困擾，所以才先警告她。

「那都要怪仙台同學吧？妳別這樣我就不會叫了。」

「那妳命令我做點什麼啊。」

我看著宮城這麼說之後，她用不高興的眼神盯著我。然而她什麼都沒說，所以我的舌頭再度攀上剛才留下的齒痕，嘴唇又貼上了她的腳背好幾次。我用指尖撫摸她的腳跟，從腳踝開始，舔著她脛骨上的皮膚。她沒有開口抱怨。我一邊感覺著皮膚下的硬物，一邊讓舌頭滑過她的肌膚，吻了她的膝蓋下方後，宮城抽回了腿。

「過來這裡。」

我聽見她細小的聲音。

「這是命令？」

「對。」

我照宮城所說的坐到她身旁看著她後，她的指尖碰了我的嘴唇。然而沿著我的嘴唇輪廓輕輕摸過之後，她馬上就想收手了。我抓住她的手。

我不知道她猶豫著要不要碰我的理由是什麼，但我不喜歡這樣的宮城。

「妳還有其他想命令我做的事吧？說出來啊。」

「妳放手的話我就說。」

「好。」

我放開她的手之後，宮城縮回手臂。然後她稍微遲疑了一下，食指又慢慢地碰了我的嘴唇。

「……舔我的手指。」

我想這一定不是她真正想命令我做的事。不過我什麼都沒問，伸出舌頭舔上宮城的指尖後，她把手指塞進了我的嘴裡。她的指尖接觸到我的舌頭，我輕輕咬著手指第二關節附近的位置，讓舌頭纏上企圖探索我口腔內部的手指後，手指的動作停了下來。柔軟的舌頭抵上手指，緩緩滑過。她的手指舔起來當然不美味，卻也不難吃。只是在我繼續用舌頭舔舐後，宮城抽出了手指。

她沒有取消要我舔她手指的命令。

我追著她的動作湊上前去，舔舐她的指尖，舌頭抵著她的肌膚，一路舔舐到指根處。嘴

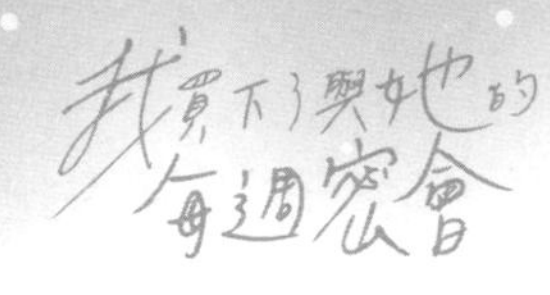

脣吻上她的手背，從手腕開始緩慢又輕柔地往上舔過去。

「妳這樣舔感覺很不舒服。」

宮城雖然這樣說，想把手抽走，我卻吻了上去，舌尖用力抵著她的肌膚。

「仙台同學！」

她在出聲的同時硬是把手抽走。

「我不是叫妳不要那麼大聲嗎？妳忘了？」

我反問她。宮城不悅地回我說：「我才沒有大聲。」想要站起來，我抓住她的手臂。

只要我一大意，宮城就會試圖逃離我。

而我的任務就是要抓住逃走的宮城。

今天也一樣。

我把宮城推倒在床上，讓她哪裡都去不了。

「讓開。」

雖然這是理所當然的反應，不過宮城生氣地說。

「我不要。」

「妳不讓開就拿衛生紙給我。我想擦手指。」

「妳安靜一下啦。」

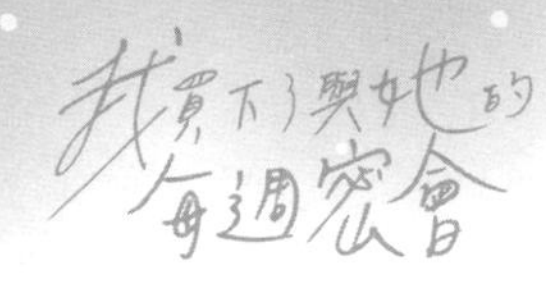

腦中浮現出用吻來堵住她的嘴這種愚蠢的想法，馬上被我甩開了。我被宮城在看的那些漫畫給帶壞了。不過那也證明了我去過她家好幾次，看過好幾次她買的書，讓我忍不住想嘆氣。

如果是在一年前，我絕對不會有這種念頭，也不會推倒宮城。真要說起來，平常會推倒人的一直都是宮城，不是我。

「妳做這種事，不算違反規則嗎？」

宮城又開始說些煩人的話。

我在她開口說下一句話之前，咬上了她的脖子。

我用力一咬，原本想開口抗議的宮城靜了下來。

但那也只維持了非常短暫的時間，她馬上又開始吵鬧起來。

「仙台同學，這樣很痛。」

她推著我的肩膀出聲抗議，但我沒有鬆口。

「我不就說很痛了嗎？別咬我啦。」

「宮城妳還不是會做這種事。」

我抬起頭，看著宮城的脖子。

被我咬的地方紅了起來，儘管對她很抱歉，可是宮城也不對啊。就算位置不一樣，她之

前也對我做過好幾次類似的事。雖然我也做過，宮城卻不懂得適可而止，所以她比較過分。

每當痛楚和痕跡增加，我想著宮城的時間也會隨著增加。

要是宮城也能多少體會一下我的心情就好了。

「……是沒錯。」

宮城不乾不脆地說，用手按住脖子。

可能還會痛吧，她動手摩挲著那裡。

我在她身旁躺下。

和宮城兩個人躺在床上。

之前也有過這樣的情境，不過那是在宮城家。宮城躺在我的床上，感覺很奇妙，

「仙台同學，很擠耶。」

宮城的語氣中滿是不悅，在說話的同時用力地推我。

「這是我的床。不要推我，會痛。」

「我才痛好不好？」

宮城這樣說完後，爬起來踢了我的腿。

「我知道。」

畢竟宮城曾在我身上留下過好幾次痕跡，也咬過我。我最清楚那究竟有多痛。

我基本上還是滿後悔的。

我明明不是為了做這種事才讓她進我房間的，事情卻演變成這個樣子。要是以後的我想起宮城曾待在這張床上的事，一定會詛咒現在的我。

「下星期開始認真念書吧。」

我面對奇怪的方向，猶如要修復感情地般對宮城說。她也悄悄地回我一句：「我覺得那樣比較好。」

第5話 暑假期間的仙台同學很不講理

「我送妳到半路上。」

我一說要回家，仙台同學就開口這樣說，我拒絕了她。外面天色還很亮，我也記得路，所以沒道理要讓她送我。就算一起走在路上，我跟她也無話可說。

我們前往仙台同學家的路上也幾乎沒說話。

一個人回去心情會比較輕鬆。

而且想到今天發生的事，我就覺得很尷尬。

所以我說了好幾次我要自己回去，然而不知道為什麼，我拖著沉默的氣氛，和仙台同學走在回去的路上。

明明怕熱還硬要出來。

我不知道我何時失去了她突然給我的命令權。她無視我說這是命令的話，選擇跟我一同踏出家門。

我用走在身旁的仙台同學聽不到的音量，輕輕嘆了口氣。

我會要仙台同學帶我去她家，是因為她實在太恣意妄為了。

她一副既然是暑假，她想做什麼都可以的樣子，未經我同意就新增規則，做她想做的事。我想說既然這樣，我也可以給她出個難題才對，才會命令她帶我去我連在哪裡都不知道的她房間。

仙台同學都是在怎樣的房間裡生活的呢？

我也是有一點點感興趣。

反正她一定會拒絕我。

我很後悔自己抱著這種想法，隨意下了那樣的命令。

在我今天所看見的事物當中，有仙台同學不想讓人看見的事。那是她一直隱瞞著，往後應該也會繼續隱瞞下去的事。

仙台同學感覺就是個受到家人寵愛的孩子。

我原本對她有著這樣的印象，可是那樣的仙台同學只存在於我的想像中。畢竟我們在玄關碰巧遇見她媽媽時，她媽媽連看都不看女兒一眼就出門了，仙台同學臉上的表情也很複雜。

馬上就感覺得出她們關係不太好的氣氛。

那樣的氣氛確實存在於她們之間。

我搞砸了。

雖說是為了避免沉默，但我覺得我今天說太多話了。結果就是那樣。

現在仙台同學閉口不語。

我也像是在彌補之前說太多話的份，沒有開冂說話。

我要是為了自己太多話的事道歉，心情應該多少會輕鬆點吧，但我道歉的話，仙台同學絕對會生氣。所以我只能默默走在她身旁。

就算並肩走在路上，我們之間也只有沉默，所以跟一個人走沒什麼差別。

我不敢看旁邊，始終低頭看著地上。

西沉的夕陽拉出的影子落在人行道上。

我們踏著徐緩的步調，映在眼中的景色也緩緩流逝。

「宮城，妳的感想是？」

回程路上，我第一次聽到身旁傳來一如往常的聲音，突然地打破了沉默。

「感想？」

我看著仙台同學，不懂她問我這話是什麼意思。

「妳想到我房間看看對吧？」

我配合她那彷彿已經忘了今天發生的事般開朗明快的語氣回答。

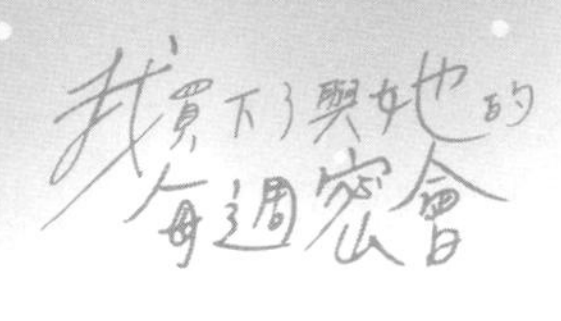

「才不是，我只是想轉換一下心情而已。」

「好好好。就當作是那麼一回事吧，不過至少說說對我房間的感想嘛。」

仙台同學的房間裡沒有過多的裝飾，也不是東西少到讓人覺得很空虛無趣的房間。我覺得最適合的形容詞就是「非常普通的房間」。跟我的房間沒什麼差別。

唯有書架不一樣。

排列在書架上的書大多是考試題庫或參考書，上面沒有仙台同學偶爾會看的那些茨木同學會喜歡的雜誌。但是我覺得指出這點不太對，給出了無傷大雅的答案。

「感覺是很常見的房間。」

「那是怎樣？妳原本以為是怎樣的房間啊？」

「更像女高中生的感覺？」

「啊～那種感覺啊。」

「因為妳在學校給人的印象就是那樣啊。」

仙台同學雖然不是花枝招展的那一型，在學校還是很醒目，給人一種閃閃發光的感覺。她房間裡就算放滿可愛或流行的東西，我也不訝異。

「不是房間的感想也無所謂，妳沒有其他什麼要說的嗎？」

可能是我的回答無法滿足她吧，仙台同學又催促似的問我。

在那之後，我拿了書架上的書來看。儘管我不是兩手空空地來，但我沒帶講義也沒帶習題，除此之外也沒別的東西了，所以看書是我唯一的選擇。然後仙台同學也看起了書。

也就是說，我們度過了一段跟平常沒有任何不同的時光。

「又沒發生什麼足以讓我有感想的事情。」

「嗯，說得也是。」

仙台同學隨口回答，停下了腳步。

我也停下來站在原地後，她把食指伸了過來，在碰到我的脖子前停住。

「妳這裡沒事吧？還有點紅紅的。」

推倒了我的仙台同學一點都沒有手下留情。

她狠狠咬了我的脖子，我甚至以為自己要被她咬到流血了。我曾經被她咬過好幾次，然而這次仍是那之中最過分的。

「那時候很痛啊，現在還在痛。」

我這樣回答後，仙台同學的手摸了那個應該變紅了的位置。

其實已經不痛了。

但那裡仍像是殘留著痛楚一般陣陣抽痛。

「也是，因為我是故意弄痛妳的。」

仙台同學用格外認真的表情說道。

別學我啦。

我差點脫口說出這句話，趕緊閉上嘴。

我重新體認到自己至今為止做了多過分的事情，呼出一口氣。

我拿開仙台同學摸著我脖子的手。

沒事的。

這種事情根本不算什麼。

現在或許還紅紅的，可是不痛，也不會留下痕跡。

一切很快就都會消失不見了。

「仙台同學真變態。」

「或許是吧？」

平常總會否認的仙台同學給出了肯定的答覆。

進入暑假之後，就盡是發生一些打亂我步調的事。

我所知的仙台同學懂得掌握分寸，也不會推倒別人。就算會做些脫離命令範疇的事，那些事情也不具有什麼重要的意義。

用舌頭觸碰肌膚。

舔這個行為也不過就是這樣。我卻覺得仙台同學在那個時候，打算賦予這個行為更多的意義。

——不，那是我的錯覺吧？

這一切都不是什麼大事，到明天就會忘記了。不管是去仙台同學家，還是在那裡發生的事，都會沉入記憶之海中，不會留下任何感情。全都是我想太多了。

「走吧。」

仙台同學隨著彷彿會消失在城鎮喧囂聲中的這句話，邁開步伐。

去她家的時候也一樣，我不知道自己該走多快。

我無法決定和其他女生一起走的時候會自然而然定下來的步伐大小。

跟她並肩而行比較好嗎？還是稍微跟她保持距離比較好？

我明明因為猶豫不決而走得很慢，仙台同學卻走在我身旁。

從離開她家之後，我們就一直並肩走在路上。

無論去程還是回程都一樣。

我們走路的步調沒有改變。

我在不知該用什麼速度和步伐的狀況下走著。也不知道這是她平常走路的速度，還是配合著我的步伐。

就只是看著街景緩緩地轉變。

我覺得再走快一點應該會比較輕鬆。

不過想到我可能沒機會再像這樣跟仙台同學一起走在路上了，我就無法加快腳步，讓這景色轉變的速度變得更快。

七月結束，步入八月。

在那之後仙台同學一直認真地當家教。我也很認真地念書，所以大多數的作業都寫完了。跟她一起念書的時間雖然稱不上開心，但感覺還不壞。不過我是覺得步調可以再放慢一點。

照理來說可以不用急著寫作業了。

不管是解題還是寫報告，我都已經膩了。

但仙台同學依舊沒有偷懶，一直在教我功課。證據就是今天桌上也放著課本和參考書，還打開了她為了盡到家教的職責而帶來的考試題庫。

仙台同學會到這房間來的原因，大概在她家。

我想，我去她家的那天所看到的就是答案吧。

那也無所謂。不管是基於怎樣的理由，她只要有遵守約定到這裡來就好了。我卻很在意，原先訂下了假日不碰面這條規則的仙台同學，就算要改變這條規則，也要在暑假期間到這裡來的原因。

即使在家裡發生了什麼事，也不想連假日都到這裡來。

那應該是過去的她所得出的答案。

所以去年暑假她沒有來這裡。

寒假和春假她也沒有試圖要改變規則。

原本明明是這樣的，現在是為什麼？

這疑問始終殘留在我心中。

說不定是發生了什麼讓她不想待在家裡，縱然得改變自己訂下的規則，也要到這房間來的事情，也或許是有其他的原因。雖然我也曾想過，在去她家回來的路上，要是我們就那樣兩個人一直走下去，我搞不好就會知道那些我不知道的事，可是路不可能永遠延續下去。一定會在某處迎來終點。我沒辦法和仙台同學一直一起走下去。

「宮城，妳的手停下來了。」

難得沒編也沒綁頭髮的仙台同學用筆戳了戳我的手臂。

「我只是在休息。」

我看了一眼空調的開關，喝了一口因為念書念了好一段時間，冰塊已經全部融化了的汽水。水水的碳酸飲料滑過喉嚨，落入胃袋。實在稱不上冰涼的汽水雖然不好喝，但對現在的我來說正好。

「宮城，這房間很冷吧？」

仙台同學以手托腮，看著我。

「現在不冷。」

「因為妳穿著長袖？」

身上穿著短袖襯衫搭配短褲這種涼爽打扮的仙台同學這麼說。

「是這樣沒錯。」

「那就表示妳會冷吧？」

房裡響起了她有些低沉的嗓音，旋即消失。

我害仙台同學想要保密的事曝光了，才會配合她調整房間裡的室溫。像冰塊融化後被稀釋的汽水一樣，藉此來稀釋我的罪惡感。為了舒緩這麼做而感受到的寒冷，我在T恤外面套了一件長袖的襯衫，所以現在是沒有冷到我會想抱怨的程度。

「妳這樣顧慮我，讓人很不爽耶。」

仙台同學抓著我的襯衫袖子說道。

她一定發現這件襯衫的意義了。

「我幹嘛要顧慮妳？」

「……」

她沒有回答我。

說出這房間的室溫為什麼正好是仙台同學會覺得舒適的溫度，等於是舊事重提，又要把在她家發生過的事情給挖出來談。既然她不想被我多問些什麼，就不可能會回答我。

我們雙方都有不想說的事情，將這些藏在心裡，過著同樣的時間。

正因為我知道自己不該毫不客氣地叫仙台同學讓我看她藏在心裡的祕密，才會意識到她什麼都沒問我。

至今為止，她一直都是這樣。

這個家裡總是沒有人在的事。

我可以持續給她五千圓的事。

她從沒問我那些我八成不想說的事情。

所以我也沒太深入地去問過關於仙台同學的事。

——雖然之前我搞砸了。

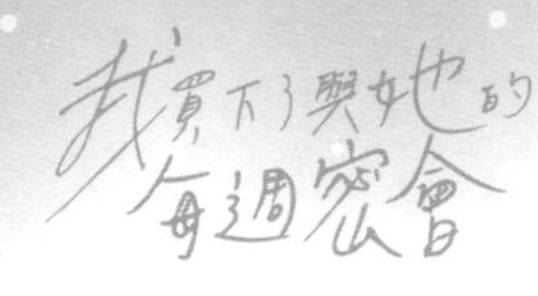

問了她不想被人問起的事，我應該要好好反省，所以我現在沒有繼續追問她沉默不語的原因。

「就算有點熱，我也不會怎樣啊，把溫度開高一點如何？」

仙台同學指著放在桌上的遙控器。

「既然我都配合仙台同學了，妳高高興興地接受不就好了？」

「妳果然是在顧慮我嘛。」

「就說不是了。」

我冷淡地說完，視線又落到習題上。

接著仙台同學便調高了空調設定的溫度。

「仙台同學，妳今天調高溫度的話會熱耶。」

「會熱妳就脫啊。」

這帶有既視感的發展讓我看向身旁。

記得放暑假前，我們也曾經針對空調的設定溫度有過類似的對話。

那時候我調高了仙台同學調低的設定溫度。

「就這麼辦。」

我身上的薄襯衫本來就只是用來調節溫度的。反正裡面還有穿T恤，我二話不說就脫下

了襯衫。

「那仙台同學妳怎麼辦？」

「我沒熱到非得要做點什麼的程度啊。」

「妳就會說謊。」

「我沒差，可以配合宮城。」

仙台同學說完之後，又把溫度調高了一度。

「我是無所謂，但仙台同學妳會熱吧？」

「不會啊。」

這不可能。對我來說不冷也不熱的溫度，對仙台同學來說應該很熱才對。如果是平常，她就會開口抱怨，要我調低空調的溫度。她大概已經在心裡決定好這段對話的終點了，我正被誘導到那裡去。我想只要我沒說出仙台同學決定好的台詞，房間的溫度就不會改變，這段對話也不會結束吧。

進入暑假後，主導權就一直握在仙台同學手裡。

這讓我很不滿。

然後現在我摸不透她的目的這點，也成了不滿的事項之一。

誰要陪她玩啊？

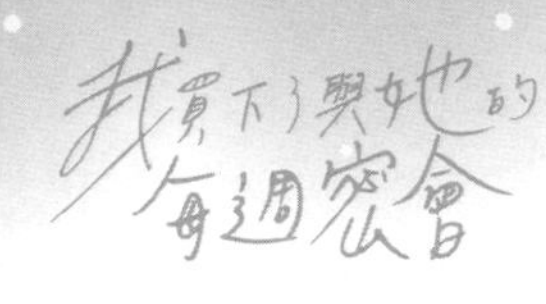

我解開方才寫到一半的題目，填滿習題上空白的欄位。

「宮城。」

叫我要認真念書的當事人伸手過來，闔上了放在我面前的習題。

照仙台同學的想法去做非我本意。可是就這樣放著不管，她只會變得很煩人，不會讓事情變得有趣起來，這也是事實。

「仙台同學，妳其實很熱吧？衣服脫了會比較涼快喔。」

我開口說出我猜她想要我說的話。

「妳想要我脫，就來脫我的衣服，或是命令我脫啊。」

「我又沒有權力可以命令妳。」

仙台同學口中突然冒出一句她非要我說的話，但我否定了那句話。

「妳都配合我調整房間的溫度了，我讓妳有命令我的權力。」

進入暑假後，仙台同學就很不講理。

她的行為像是她成了掌控這房間的人，擅自決定所有的事情。說什麼讓我有那個權力？一副高高在上的樣子，而且我現在得到這份權力也只覺得困擾。仙台同學給我的權力，不是我買來的權力。

我用五千圓買的是家教。

在暑假期間特別讓仙台同學來教我功課。

和平常放學後不同，五千圓換來的就只有這件事。

要是我乖乖收下她說要給我的權力，最後一定會被她耍著玩。

就算等著我的是這樣的未來，也沒什麼好奇怪的。

「妳不命令我嗎？」

仙台同學開口問我，像是在等待早已決定好的答案。

她就在我只要伸手就能輕易碰觸到的距離。和下雨那天一樣，只要我想，就能解開她襯衫上的釦子。

我打算伸出手，又放棄了。

我的掌心濕答答的，宛如被雨淋濕了一樣。我盯著仙台同學。

「……我命令妳，妳就會脫嗎？」

「妳命令看看啊？」

仙台同學粲然一笑。

然而那笑容就跟註定會被丟棄的傳單一樣輕薄，我猜不透她在想些什麼。仙台同學的話就像是迷宮。乍看之下有很多條路可以選，然而只有一條路會通往出口。

儘管不情願，我還是說出了她準備給我的台詞。

「那這是命令，脫衣服。」

仙台同學穿著類似她在暑假第一次來到這房間時穿的衣服，她毫不猶豫地解開襯衫的釦子。

一顆、兩顆、三顆。

她連底下的釦子也全解開了，準備脫下襯衫。

「等等，等一下啦。」

我反射性地拉起快從她肩上滑落的襯衫。

「宮城，不要抓我頭髮啦，很痛。」

仙台同學用沉穩的聲音和表情說道。

我的手裡的確除了襯衫之外還有她的頭髮。但這種事不過是小問題，我說出更大的問題。

「妳為什麼要脫？」

「是宮城妳命令我脫的吧？」

「是這樣沒錯，但那是仙台同學妳硬逼我命令妳的啊。」

「就算是這樣，妳還是下了命令。」

仙台同學甩開我的手，打算脫下襯衫。

我下了命令。

不過我只是說出仙台同學準備好的台詞而已，沒想到她真的會脫。我並不想要仙台同學脫衣服，也不想看她的裸體。我沒有這樣想。明明是這樣，我的心臟卻猛烈運作起來，彷彿可以聽見血液流動的聲音。我從她身上別開視線。

那個配合我的步伐，走在我身旁的仙台同學不在這裡。

她看起來就像在全速奔跑著。

「妳為什麼不看我這裡？」

就算被她這麼問，我也無法看她。

「一般來說，沒人會在別人脫衣服的時候盯著人家看吧？」

「宮城妳至今為止有做過什麼符合一般常識的事嗎？」

「妳這是怎樣？是想叫我看嗎？」

「也不是這樣，只是看妳突然別開視線，感覺有點不爽。總之妳面向這裡啦。」

我就算無視她的話也無所謂。可以要對方聽令的人是我，仙台同學的話不是命令。我只要一直不看仙台同學就行了。這樣一來，她就會放棄這種愚蠢的行為，恢復成平常的樣子。所以我沒必要看仙台同學。我心裡明明這麼想，視線卻移向了仙台同學。

「被人這樣注視，很難脫耶。」

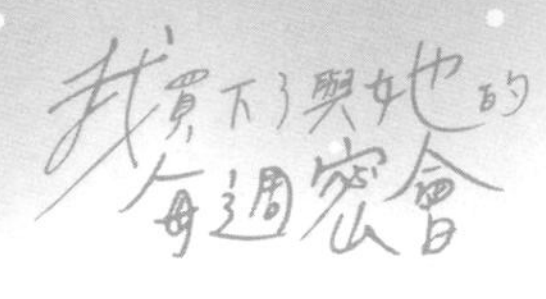

「我才沒有注視妳。」

「妳有。妳根本猛盯著我看嘛。」

「仙台同學，妳意見很多耶。」

我這樣說完後，仙台同學笑著說：「是啊。」脫下了解開所有釦子的襯衫。

她的肩頭緩緩地暴露出來。

在我的視線前方，仙台同學上半身還穿著的東西只剩下內衣。

我雖然沒打算注視著她，卻無法別開目光。

空調的溫度是設定在幾度啊？

我覺得有點熱，腦中浮現出一些無關緊要的事。

仙台同學把手上的襯衫丟在地上，覺得髮絲很煩人地撩起了頭髮。

我差點覺得這模樣很美，握緊了汗濕的雙手。

今天的氣溫從早上開始便超過了三十度，也就是所謂的酷暑日，熱到要是打開窗戶，有可能會因為外頭的熱氣覺得自己快死了。即使是這樣，要是把空調的設定溫度調得太低，對我來說又太冷。可是今天的室溫維持在仙台同學會覺得舒適的溫度。她在那之後雖然調高過空調的溫度，但溫度應該也沒高到可以在房裡只穿著內衣的程度。儘管如此，仙台同學依舊脫了衣服。

我只覺得她是在來到這房間之前熱到腦袋秀逗，腦袋裡頭的東西全融化了，變得怪怪的。她進入暑假之後就一直怪怪的，但今天是她到目前為止表現得最怪的一天。

實在太搞不懂她，感覺連我都要變得怪怪的了，我討厭這樣。

腦中天旋地轉，頭昏腦脹。

為什麼仙台同學要做這種事？

我很想知道，卻又覺得自己不能知道。

我覺得自己該說點什麼比較好，但找不到可以說出口的話。

我的視線緊黏在仙台同學身上。

——要說是水藍色，感覺又更藍一點的淺藍色內衣。

跟之前看到的白色內衣給人的印象不同。

上面有精緻蕾絲的內衣可以說相當可愛。雖然我覺得跟仙台同學的形象有一點落差，但很適合她。

她的胸部不算大，不過比我有料。視線稍微往下移動後，只見她的腹部結實緊緻得恰到好處，有優美的腰線。

我沒想要上下打量她。

然而我的目光卻離不開她。

我希望自己的心跳聲吵到彷彿連仙台同學都聽得見這件事，只是我的錯覺，不然就太奇怪了。

「那麼換宮城妳了。」

「咦？」

突然聽到她叫我的名字，我看著仙台同學的臉。

「宮城妳也脫啊。妳很熱吧？」

我知道傳入我耳中的這番話發自仙台同學，可是我完全無法理解。感覺像是某個遙遠國度的語言，在我聽來只是毫無意義的聲音。

「宮城。」

我動彈不得，仙台同學口中喚著我的名字，拉近我們之間的距離。

好近。

可以清楚看見她平常總是被衣服遮著所以看不見的部分，讓我反射性地推了仙台同學的肩膀，仙台同學卻依然離我很近，抓住了我的T恤下襬。在她的手指碰到我的腰時，不停在我腦中翻滾的話語有了意義，我終於理解她剛才在說什麼了。

「我又不熱，不需要脫。」

我強硬地說完，把仙台同學的手推回去。

她要脫衣服是她家的事，我希望她不要把我也一起拖下水。

「有需要。好啦，快點。」

仙台同學不死心地說，毫不客氣地把手伸了過來，然後再度抓住我的T恤下襬，企圖往上拉。

「等、等一下，仙台同學。」

我急急忙忙地想拉開仙台同學的手，卻怎樣都拉不開。不僅如此，我的衣服下襬還被她掀了起來，露出半截肚子。

我沒預料到會發生這種事。

就算我脫了仙台同學的衣服，也沒想到她會來脫我的衣服。我也從沒想像過被她脫衣服的情境。真要說起來，我的命令是「脫衣服」，而不是「脫我的衣服」。

我抓起面紙盒，敲打仍抓著我T恤下襬的仙台同學的頭。接著只見面紙盒套的鱷魚晃動著，同時傳來她誇張地喊痛的聲音。

「不過就是脫個衣服，又沒什麼大不了的。妳在學校也換過衣服啊。」

仙台同學放開我的T恤下襬，摸了摸被我打的地方之後把頭髮往上撩。

「這又不是在換衣服。被人脫衣服跟換衣服才不一樣。」

「宮城妳太愛計較這些小事了啦。」

「才沒有，是仙台同學妳太隨便了。」

「老愛計較這些小事，會禿頭喔。」

仙台同學拉拉我的瀏海，說：「這種事情就是要一鼓作氣啦。」又抓住了我的T恤下襬。

「我就說不要了。」

我「啪」一聲地打了她的手背。

「妳不想讓我脫妳衣服的話，那宮城妳自己脫啊。」

「我真的搞不懂事情為什麼會變成這樣。」

仙台同學不時會做出一些我從未預想過的事情。突然跑來我家，或是突然跑來教室，讓我嚇一大跳。

我覺得進入暑假後，她這個傾向又變得更明顯了。

完全不顧慮我的感受，盡是做些令人想不透的事情。

「假如我說，我是為了脫妳的衣服才脫的，這樣妳能理解嗎？」

仙台同學一派輕鬆地說完後看著我。

「……妳是開玩笑的吧？」

「妳覺得我像在開玩笑嗎？」

我覺得這應該要是個玩笑。

即使脫了我的衣服，仙台同學身上也不會發生什麼好事。而且我身材也沒多好，看了也沒什麼好玩的。

然而她看起來不像是在開玩笑。

「總之妳不脫的話，我就幫妳脫。」

在我開口說些什麼之前，她仍抓著我衣服下襬的手便掀起我的T恤。

「要讓妳脫我不如自己脫。」

我抓住仙台同學的手腕，如此宣言。

不管我怎麼說，她都不像是會改變心意的樣子。如果我除了讓她脫或是自己脫之外沒有其他選擇，那我只能選後者了。

「好。」

仙台同學隨著簡短的回應，放開了我的T恤。

我垂下視線，輕輕呼出一口氣。

我緩緩抬起頭，雖說是理所當然，但上半身只剩下內衣蔽體的仙台同學就在我眼前。然後我也正打算要脫掉自己的T恤。

這不可能發生的情境令我頭暈目眩。

這種事情除了愚蠢之外，沒別的詞可以形容了。

我其實可以不用聽仙台同學的話。

我只要現在站起來，說我要去拿什麼東西過來，走去廚房，就不用陪她做這種無聊事了。

「宮城，還是我來幫妳脫吧？」

可能是感受到我在猶豫了吧，仙台同學用不小的力道抓住了我的手臂。

她臉上掛著燦爛的笑容，卻一點都不溫柔。我只感覺到她沒打算讓我溜掉的意念。

「我會自己脫，妳轉頭看別的地方啦。」

「為什麼？宮城妳不也看我脫了嗎？」

「那是仙台同學妳叫我看，我才看的。」

「就算是這樣，妳還是看了啊，所以我覺得我也有權力看妳。」

「沒有那種權力，妳看別的地方啦。」

我拉開她抓著我手臂的手，推著仙台同學的身體，讓她轉過去面向床鋪。可是她馬上又轉回來看著我。

「宮城妳未免想太多了吧？」

聽到她那調侃我的語氣，以及彷彿認定我想逃避她的視線這件事帶有特別意義的發言，我一口氣脫下了T恤。

盛夏的午後，在自己房間裡只穿著內衣。

光聽這段敘述，那不過是日常生活中的一幕罷了，然而由於和我一樣上半身只穿著內衣的仙台同學在場，讓事情變得沒那麼單純。

視線好刺。

仙台同學可能是覺得哪裡很有趣吧，她直盯著我看。

儘管不是裸體，我還是沒辦法靜下心來。

我很想遮住自己的身體，但我要是去遮，感覺又會被她調侃，所以我想遮也不行。

既然要給她看，如果我穿的是更可愛一點的內衣就好了。

我今天穿的是常見的白色內衣，當然也不是以會在人前脫衣服為前提才挑這套的。

「我是脫了……不過接下來要幹嘛？」

我盡量裝作若無其事地說完後，看向仙台同學，只見她一瞬間很傷腦筋似的皺起眉頭，但馬上又嘴角上揚地擺出笑容，手滑順地撫過我的腰。

「仙台同學，不要做這種事啦。」

她在沒有東西隔著的狀態下摸我的那隻手讓我覺得很癢，我雖然想抓住她的手臂，但在我抓住之前，她就戳了戳我的腰。

「仙台同學妳做什麼啦？」

我拍開仙台同學的手，按著自己的腰。

「很軟，摸起來很舒服。」

「妳這樣很讓人生氣耶。」

「給我摸一下又不會死。」

「不好，不要碰我。」

「那只看不碰就行了吧？」

我不知道她這個結論是從哪裡來的，但仙台同學毫不客氣的視線又投到了我身上。

「那也不行。」

我看仙台同學是無所謂，但被她看就不一樣了。

繼續做這種事情，我會一直被仙台同學的步調給牽著走。

「宮城，妳的臉有點紅耶。」

仙台同學的手緩慢且溫柔地撫上我的臉頰，接著手掌像是要奪走我的體溫一般貼了上來。就只是這樣的小事，我的心跳卻變得好大聲，好像快忘了怎麼呼吸。我一把拉開她的手。

「如果我臉有紅，那是因為覺得丟臉。我的身材又不像仙台同學那麼好。」

「女生稍微有點肉比較可愛喔。」

「我真的很討厭仙台同學妳這種地方。」

「那也有喜歡的地方嘍？」

「沒有。」

我立刻回答，轉向旁邊。

我就這樣抱膝而坐，仙台同學打了一下我的手臂。

「妳稍微想一下嘛。這樣我很受傷耶。」

她的語氣比說出的話更輕快，我實在不覺得她有受傷。

可是我沒看她，不知道仙台同學是用怎樣的表情說出這些話的。

「我還滿中意宮城的說。」

身旁傳來她開朗明快到了感覺有些刻意的聲音。

「仙台同學，妳是因為太熱，腦袋燒壞了吧？」

「搞不好喔？宮城妳照顧我一下啦。」

「我不要。是說妳不要靠過來啦。」

她未經同意就靠過來撞上我的肩膀，我不禁開口抗議。

我沒說她可以零距離地跟我靠在一起。

我們之間需要保持適當的距離，現在的距離明明就太近了，仙台同學卻不肯離開。我們猶如肩膀相連般地緊靠在一起，她長長的頭髮搔著我的手臂。

「我腦袋燒壞了，動不了。」

「這笑話一點都不好笑。」

我這樣說，看向仙台同學，只見她一副覺得很掃興的樣子。

「妳多少笑一下嘛。」

「仙台同學，這樣很熱，還有很重。」

不是我的身體。

仙台同學那肩膀與我的肩膀相連的身體，已經不只溫暖，甚至讓我覺得很燙。

我至今從沒經歷過有其他人脫了衣服坐在我身旁，還緊貼著我到兩人的體溫會交融在一起的情況，不知道跟別人會是什麼感覺。也因為我所知的只有仙台同學，我不知道這算不算是正常的體溫。

「說人家很重太失禮了吧？」

「才不失禮。我要穿衣服，讓開啦。」

我推了推仙台同學緊靠著我的肩膀，她卻勾住我的手，讓身體接觸的面積又變得更多了。

「仙台同學，剛剛那是命令，照我說的去做。」

「今天的命令是叫我脫衣服，所以已經結束了。」

「妳幹嘛擅自訂下這種規則啊？」

「反正是暑假，稍微自由一點嘛。這樣比較有趣吧？」

「我不喜歡暑假，這樣也不有趣。」

「就一天發生這種事也沒關係吧？」

「才不好咧。」

她的手臂纏著我的手臂，我無法逃開。

仙台同學的手臂碰著我的腰。我覺得這種平常不會接觸的部分，現在卻緊貼在一起的狀態，絕對不是什麼好事。我就算跟舞香她們也不會做這種事。

不過仙台同學和我的體溫合而為一的感覺還不錯。

「對了，宮城。雖然是下個星期的事，不過妳盂蘭盆節有什麼行程嗎？」

「沒有。」

我沒必要特地照實告訴她。

盂蘭盆節期間，只有一天爸爸會在家，除此之外還有一天跟舞香她們有約。我想即使是仙台同學，也不會連盂蘭盆節都說要念書，所以不說也沒差。

「那盂蘭盆節也要念書喔。」

仙台同學這麼說，像是要把體重全壓在我身上，往我這裡靠了過來。

「仙台同學，我就說很熱了。」

我擅自認定盂蘭盆節不用念書，安排了行程。明明只要把這件事告訴她就沒事了，我卻不想說。事情的優先順序被她的體溫攪得一團亂。

跟舞香她們的約提前就好了。

這週末她們兩個應該都有空才對。

「沒關係，我也很熱。」

「妳那是怎樣啊？」

聽了我的話，仙台同學說了句：「因為是夏天吧。」根本不能算是回答。

我覺得自己聽見了比平常更吵的心跳聲，但是我分不清楚，那究竟是我的心跳聲，還是仙台同學的心跳聲。

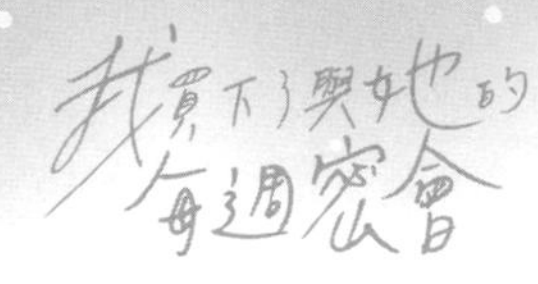

第6話 如果對象是宮城，我想做的事

打開裝有家居服的五斗櫃後，宮城的衣服映入眼簾。

那是在放春假之前，我的制服被潑了一身汽水後她拿給我替換，我一度要還給她的上衣。

結果宮城沒收下，那件衣服成了我的東西。我丟不掉，也沒有穿，那件衣服就這樣一直被我收著，無處可去。

我輕輕摸了摸那件上衣。

因為我打算還給她而清洗過，上面沒有宮城的痕跡。

我閉上眼，再度張開眼睛後，拿起坦克背心，走向浴室。

由於是週五晚上，就算是已經過了晚上十一點的現在，客廳的燈依然亮著。我靜靜穿過走廊，進浴室洗澡。比起悠哉地泡澡，我選擇早點洗好離開浴室，從冰箱裡拿了一個寶特瓶，回到房裡。

我看向放在桌上的手機。

我一邊回覆幾則傳來的訊息，一邊讓瓶裝綠茶流進胃裡。喝了半瓶之後，我拿著手機躺到了床上。

我本來沒打算去想的，今天發生的事卻浮現在腦海中。

——我在宮城面前脫了衣服，然後強迫宮城脫衣服的事。

我把手機放到枕頭旁邊，大嘆了一口氣。

每週和宮城碰面三次本身不是什麼壞事。

我在假日會想跟朋友見面，也會和朋友出去玩。一旦交情變好，會這樣想也是理所當然的。在假日和宮城見面，也可以說是類似的感覺。我跟她雖然接吻過，但這種程度的事還在容許範圍內。反正我的嘴唇已經碰過宮城的身體很多次了，宮城也一樣碰過我很多次。

所以沒關係。

可是脫衣服或是脫對方衣服，就違反規則了。

我覺得我在下雨那天做了錯誤的選擇。

我應該要拍開宮城打算脫下我制服的手，說：「妳是傻了嗎？」然後一口拒絕她。都怪我接受了那個打破規則的行為，造成的影響才會一直殘留到現在。

我躺在床上，一邊看著天花板一邊嘆氣。

在這房間裡推倒過宮城的我早就在詛咒自己了，現在也仍舊詛咒著自己。然後這詛咒正緩緩地覆蓋住我的心，差點就要扭轉我的感情。

脫了宮城的衣服，觸碰她。

覺得自己快要思考起更進一步的事情，我揮去腦中的想法。

「這不太妙吧？」

我不應該作這種想像。

在宮城來過這個房間後，浮現在我腦海裡的盡是些不能跟其他人說的事情。

例如我當時要是就那樣順勢吻她就好了。

或是如果在她身上留下不會消失的痕跡就好了。

我一直在想這些無聊事，直到現在。

這樣的我根本就不像我。

我應該是一個做事更得要領，也很擅長跟人相處的人。上了高中以後，我就在還不錯的位置過著愉快的校園生活。到畢業前我都打算過著這樣的每一天，若是我想實現這一點，那我現在對宮城抱有的感情就只會礙事。

『我還滿中意宮城的說。』

我本來是不想對她本人說這種話的，但我的確很中意她。因為她當面說沒有任何喜歡我的地方，我才反射性地說出口，不過我也只是比起其他人更中意她一點罷了，沒什麼問題。

然而實際上並不是這樣。

我比自己所想的更中意宮城，無法控制自己對她的感情。

所以我今天試著想讓自己變回自己應有的樣子。

我重重地嘆了一口氣。

用起來不順的智慧型手機只要重新啟動，就會像沒出過任何問題一樣地正常運作。我想我只要像那樣重新啟動自己就行了吧。

因為我表現得像是脫衣服這件事情別有用意，氣氛才會變得很奇怪。既然這樣，只要表現得跟普通的日常生活一樣就行了。

讓宮城命令我，像在學校換衣服那樣，若無其事地脫掉衣服。

欺騙自己，矇混過去。

就算很難讓自己的感情產生一百八十度的大轉變，我還是可以找到折衷的辦法去整理。只要更接近去年那個認為無聊的命令或討厭的命令，全都只是用來打發時間的玩意，只會把一週中的幾個小時賣給宮城的我就好了。

我原本是這樣想的。

結果進行得不順利就是了。

她要脫我衣服也可以，命令我自己脫衣服也行。

我準備給宮城的選項有兩個。而她如同我所想的一樣，命令我脫了衣服。

我很習慣隱藏情緒。掩蓋自己的心情並巧妙地應對眼前的狀況，是我最擅長的事。所以我面不改色地在宮城面前脫了衣服。可是光這樣還不夠，理性被拋下，只有感情仍持續催促著我行動。拜此所賜，連宮城都脫了。

不對，剛剛這說法不正確。

正確來說，是我無法阻止自己想要脫掉宮城衣服的心情。我知道即使自己擺出若無其事的表情，我的邪念也不會消失，唯有想要再多觸碰宮城的感情持續殘留在我的心裡。

我現在也一邊後悔，一邊想著諸如宮城好軟、兩人身體碰在一起的部分好舒服之類的事，真是沒救了。我的思緒完全梳理不開，纏繞成一團，一直在連接不該連上的部分。

我一直覺得自己變得不像是自己，感覺很噁心。

不是隔著衣服，而是直接觸碰。

我還想對宮城——

我不記得自己過去曾對人有過這樣的感情。

不會想對其他人做，但如果對象是宮城，我就會想做的事情正逐漸增加。明明是夏天，無處可去的感情卻像雪一樣不斷降下、堆積，沒有融化。

「該說還好今天是週五嗎？」

第6話 如果對象是宮城，我想做的事

假設隔一天馬上又要和宮城碰面，我現在的心情太沉重了。

我的確對她有興趣，卻希望停留在我覺得那個房間待起來很舒服的程度。畢竟我早已經決定好，畢業後要離開家去念外縣市的大學，我也不想改變自己的未來。

可是我也沒特別想當個冰清玉潔的人，覺得生活中有些刺激也不錯。如果我沒再跟宮城有更深的牽扯，單純享受在那個房間度過的時光裡清澈純淨的部分，應該不要緊吧？

我覺得這是謬論，也覺得自己的想法很支離破碎。

然而一旦扯上宮城，我就沒辦法好好統整自己的想法。我到現在還是無法掌握宮城這個人，所以越想就越不知道自己該做些什麼。

真要說起來，宮城也有不對，盡是下些奇怪的命令。

她總愛說一些什麼，讓我沒辦法繼續當那個既溫柔，做事又很得要領的自己。

所以我覺得放過那一點點小矛盾也無所謂才對。

而且她最近會莫名地顧慮我，讓我在那邊待起來很不舒服。

這個家的狀況與宮城無關。

她要是不表現得一如往常，就等於是在給我機會去做類似今天那樣的事。

我把責任轉嫁到她身上，看著隔開這間房間與隔壁房間的牆壁。

我會這樣一直去想某個人，除了在隔壁房間的那個人以外，這還是頭一遭。在父母變得明顯地只疼愛姊姊之後，我有好一陣子滿腦子都只想著姊姊。

雖然和那時候的自己不同，但我就像是看著當時的自己一樣煩躁。

「啊～真是的。明明在放暑假，我的情緒卻嗨不起來。」

我拿起手機，看了看時間，已經超過凌晨一點了。

羽美奈的話應該可以吧？

她都會熬夜，既然放假，她這時間應該也還醒著才對。我覺得自己該轉換一下心情，打給了羽美奈。電話鈴聲響了一次、兩次，在響第五次的時候，傳來了不像半夜會有的活潑聲音。

「真難得妳會這時間打來耶。」

「我睡不著啊。羽美奈妳現在方便講電話嗎？」

「我打電話過去，結果我男朋友睡了，現在正閒著沒事。」

我沒有非要跟羽美奈說的事。

我想她一定也是只要能打發時間，不管對象是誰都好。儘管如此，我們應該一樣有著還是想跟比較聊得起來的對象說話的欲望。於是我們開始閒聊起來。

不同於宮城的聲音，讓我的心情平靜了些。

明明沒有動腦，只是把想到的事情滔滔不絕地說出口而已，對話卻比我跟宮城講話時還

能一直延續下去，氣氛也很熱烈。可是要說開不開心，那就很難說了。因為我與羽美奈上週才見過面，對話內容彷彿過去重演，都是些類似的話題。

「是說今年啊，葉月妳很難約耶？補習班有那麼忙嗎？」

一定會用補習班來稱呼考生衝刺班的羽美奈這麼說，絲毫不掩飾她內心的不滿。

我去年暑假跟她碰面的次數是今年的兩倍，她會抱怨也是無可奈何。

「算是吧？行程排得很滿。」

考生衝刺班很忙是事實，幾乎占據了我暑假所有的行程。再加上我還要去宮城家，所以又更忙了。

羽美奈說著她想去那裡，也想去這裡的各種希望，在手機的另一頭叫我空出時間給她。我也不管實際上到底空不空得出時間，還是跟她說：「我知道了。」然後心情又好起來的羽美奈像是突然想到似的說了。

「對了，妳作業寫完了嗎？」

「差不多都寫完了。」

「那借我抄啦。」

「好啊，明天拿給妳嗎？」

「妳說的明天是指今天嗎？」

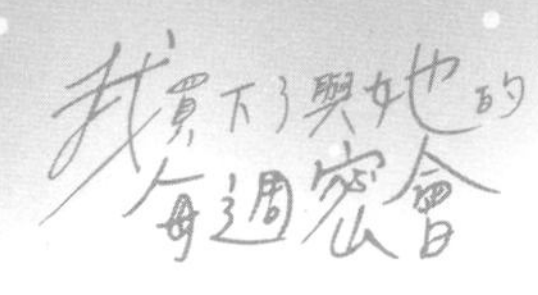

經羽美奈這麼一說，我才想起現在時間已經超過凌晨一點了。

「啊，對，今天。」

「好啊，就今天。啊，我還想順便去一個地方。」

羽美奈說了個感覺抄作業這件事才會變成順便的地點。

我也不是想跟她碰面。

如果是去年，我想自己應該會更開心一點。

提不起勁。

不過跟人碰面感覺比較能轉移注意力，所以我和羽美奈約好了要見面。

今天醒來的感覺比平常更神清氣爽。

至於原因，我不用想也知道是羽美奈。

結果別說週六了，我連週日都被她拖著到處跑，累得連想些多餘事情的空檔都沒有，熟睡了一晚。我雖然沒打算要連續出去玩兩天，但我想就是因為我把宮城的事情塞到腦袋的角落裡去了，才能好好睡上一覺。

拜此所賜，我能像平常一樣去上補習班，也能到宮城家來。

只要忽視那微乎其微的尷尬，就沒有任何問題了。

實際上，我跟宮城都沒有提及週五的事。宮城說是家教費，給了我五千圓之後，就默默在桌上攤開了習題，我也專心地把習題的答案寫到筆記本上。

於是現在，在這房間裡的是一段平穩的時光。

我們都明白，週五的事情只是藏在習題裡，唯有在解題的期間會變成不曾發生過的事。雖然原本就沒那麼熱烈的對話持續停擺，老是陷入沉默，但那些都是枝微末節的小事。不過是沉默多了點，不會這樣就導致世界末日到來，我們的關係也不會迎向末日。

我是覺得有點太安靜了，但總比太吵好。

我拿起桌上的玻璃杯，讓冰涼的麥茶流進胃裡。宮城似乎不再顧慮我了，今天的室溫對我來說有點熱。

我雖然希望她再調低個兩度，但我決定不說。

畢竟還是比待在外面涼快，我也不希望週五發生的事情再度重演。

「仙台同學。」

宮城毫無預兆地叫了我。

「幹嘛？」

「妳週日有到車站前面嗎？」

「有是有。妳幹嘛問這個？」

我從習題上抬頭看向宮城，只見她也看著我。或許是邪念都在來這裡的路上被熱死人的太陽給燒得一乾二淨了吧，就算宮城在我身旁，我今天也沒那麼在意她。

「因為我看到妳跟茨木同學一起走在路上。」

聽到宮城這句話，我把差點說出口的「那妳叫我一聲就好啦」給吞了回去。

我們不是那樣的關係。

「宮城妳是跟宇都宮出去？」

我找了其他話來說。

「對，我跟舞香她們有約。」

「妳們做了什麼？」

「去買東西。」

在剛開始放暑假，我問她要跟宇都宮去哪裡時不肯回答我的宮城，現在老實地告訴了我答案。

「那仙台同學妳們去做了什麼？」

「跟妳們一樣，陪羽美奈去買東西。」

「玩得開心嗎？」

不知道是寫題目寫到膩了，還是已經受夠沉默了，宮城問了我她平常不會問的問題。

「還行。」

我簡短回答後，她用疑惑的眼神看著我。

我不知道宮城那天看到的我是什麼模樣，但我應該沒有露出會被她用那種眼神看著的表情。我在羽美奈面前不會擺出一副覺得無趣的樣子。「還行」這話也有一半是真的，任羽美奈擺布雖然很累，但也有開心的部分。

「我才想問，宮城妳那天玩得開心嗎？」

特地去否定宮城的視線也很麻煩，於是我問了關於她週日行程的問題。

「我們不會做不開心的事。」

「是喔，妳們買了些什麼？」

「很多東西。」

「很多東西是什麼東西？」

「買什麼都沒差吧？」

宮城會回答問題的獎勵時間似乎已經用完了，話題就此結束。不過她昨天好像真的玩得很開心，語氣沒有那麼冷淡。

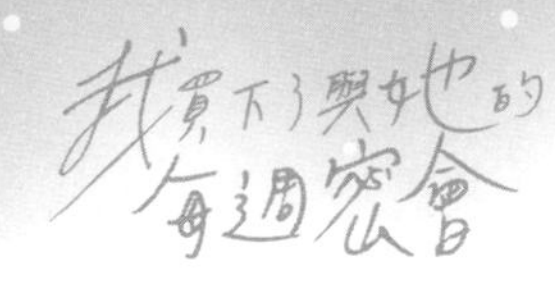

我跟宇都宮不太熟，但我知道她跟宮城感情很好。我沒聽說過她們實際上認識多久，交情有多好，不過我覺得她們應該是很好的朋友吧。

那大概是現在的我所沒有的人際關係。

我有的全是盤算過後的人際關係，多少有點羨慕她們。沒必要去想的事情也跟著浮現在腦海中。

如果是宇都宮，一定可以不帶任何念頭地觸碰宮城吧。

我很清楚，抓住朋友卻要加上「不帶任何念頭」這個註解，是很奇怪的事。如果是朋友，就不需要這樣的註解。會覺得邪念消失了只是我的錯覺，就是因為有一半沒被燒掉，我才會去想這種事。

——爛透了。

我丟開手上的筆，趴到桌上。

額頭撞上桌子，發出了「咚」的沉重響聲，但我不在意。

「妳突然幹什麼啊？」

我聽到宮城驚訝的聲音傳來，但我無視她的反應，依然趴著問她。

「妳有不懂的地方嗎？有就跟我說，我會教妳。」

「除了仙台同學突然趴下的理由之外，倒是沒有什麼不懂的地方。」

「那妳繼續寫習題。」

「妳到底是怎麼了啊？」

「我只是對自己有點幻滅。」

要是我放著現在的自己不管，感覺又會再重蹈週五時的覆轍，讓我厭惡起自己。

我沒想到自己的理性如此不能信任。以前我一直覺得宮城是個難搞的人，自己現在卻成了比她更難搞的人。

「不要說些讓人搞不懂的話，認真念書啦。」

宮城說了感覺平常會是我在說的話。

「我上午有認真念書過了。」

「那是在說補習班吧？在這裡也認真念書啦。」

要是認真念書就能從這份無聊的執念中獲得解脫，要我多認真念書都行。但我不認為有用。總覺得在大熱天底下跑出去散步還比較能轉換心情。

「對了，宮城。妳家有吐司嗎？」

我坐起身，看向身旁的她。

「吐司？」

「對，還有牛奶和雞蛋。」

「都沒有。有的話又怎樣？」

「妳不想吃法式吐司嗎？」

「不想吃。」

「我想吃。」

宮城立刻回答，我也立刻回答她。

我們不是能邀對方去散步的交情，我也不能無緣無故地一個人跑出去，所以我只要隨便找個理由就好了。

我只是想轉換一下心情。我覺得自己只要從外面回來，就能什麼都不想地在宮城身旁繼續解題了。

雖然她幾乎不會在這個房間裡拿食物出來，但偶爾兩個人一起吃個點心也不錯。

「我去買材料回來，妳等我一下。」

因為宮城想不想吃不是問題，我站起來，拿起包包。

「別管什麼法式吐司了，好好念書啦。」

裝著鱷魚盒套的面紙盒隨著她不悅的聲音飛了過來。我接住面紙盒，把鱷魚放回它原本該在的地方。

「真難得宮城妳會說這種話。」

「因為仙台同學突然開始做起什麼，最後都會惹出麻煩，我只是希望妳別做。」

「妳這樣說，聽起來好像我老是在惹麻煩一樣。」

「妳是啊。」

「我才沒有，今天只是要做法式吐司而已。」

儘管我沒打算告訴宮城，不過我就是為了避免惹出麻煩，才要做法式吐司的，所以拜託她不要阻止我。

「那我去去就回。宮城妳要一起去嗎？」

我做出不會改變心意的宣言，順便加上一句讓宮城會想放我一個人出去的魔法咒語。

「我不要。想去的話妳自己去。」

她說出了我預料中的台詞，視線落到了習題上。

「那妳等我一下。不好意思，要拜託妳鎖門。」

可以的話，我並不想在盛夏時跑到外頭去。

在沒有雲朵遮住太陽的天空下，走在沒有風的路上簡直是地獄。

但現在我有必要前往宛如蒸氣室的街上。

我拋下宮城走出玄關，搭上電梯。

穿過一樓大廳踏出戶外，我的額頭上立刻滲出汗水。

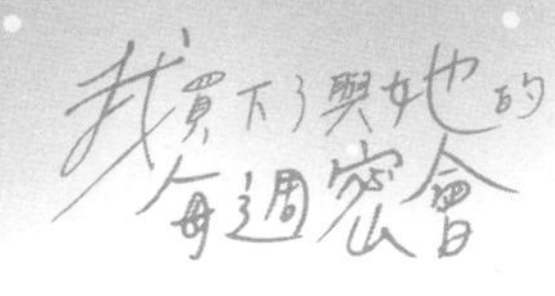

只要吃了甜食，心情就會好起來了。

這說法雖然沒有根據，我卻深信不疑，走在被太陽照耀著的人行道上。

這種行為很像宮城呢。

我一邊尋找陰影，一邊嘆氣。

行動沒有一致性，一旦發生了什麼事就逃跑。

或許是跟她在一起久了吧，我逐漸變得像宮城一樣。我不想承認自己越來越像她。我想把這當成是巧合，只有今天罷了。

我用力按壓太陽穴，把宮城從腦袋裡趕跑。

吐司、雞蛋、牛奶。

我雖然沒問，不過她家總不會沒有砂糖吧？

我為了完成簡單的採買，加快了腳步。

走路的速度一變快，額頭上滲出汗水的速度也變快了。

我身上的T恤也吸收了更多汗水。

好熱。

熱到我對宮城抱有的那些不像我的心情應該要融化的程度。

要被做成法式吐司的吐司或許也跟我一樣，在想著很熱的同時被煎得金黃酥脆吧。我思考著這種蠢事，沒走去便利商店，而是去了更遠的超市，買了需要的東西，然後回到有宮城在的住宅大樓，請她幫我打開樓下的門鎖，搭上電梯。

還滿單純的。

因為我沒繞去其他地方，就是直接前往目的地，買了需要的東西，再直接回來而已，所以也沒在外面待上一小時還是兩小時那麼久。不過光是這樣，就能讓我的心情有不小的轉變了。

外面很熱，腦袋與其說冷靜，不如說反而更熱了，不過我已經達成了甩開邪念這個目的，所以沒問題。

「我買回來了。」

我請宮城幫我打開玄關大門，對她說道。

「我又沒拜託妳買。」

她語氣不悅地回我。

「雖然妳沒拜託我，不過稍微休息一下嘛。」

「仙台同學妳擅自跑出去買東西了，所以我一直在休息啊。」

說完後，宮城走回了房間。我提著超市的提袋追著她進去，只見宮城坐在床上，正在看漫畫。

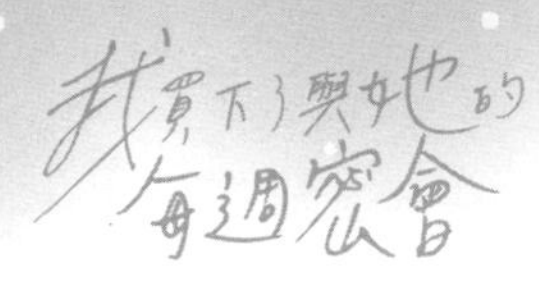

「宮城，法式吐司怎麼樣？」

「妳可以用廚房。」

「不是啦，我的意思是說，我要做法式吐司，所以要不要兩個人一起吃點心？」

即使我簡單明瞭地提議，宮城依然不為所動。

既然這樣，我只能來硬的了。

我把超市提袋放到地上，拿走宮城手上的書，發現那是一本我沒見過的漫畫。

她說去買東西，就是這個嗎？

我想她昨天跟宇都宮她們出去逛街購物，買回的很多東西之一就是漫畫吧？

「仙台同學妳自己吃啊。」

說完之後，宮城從我手裡搶回漫畫，繼續看了起來。

不管怎麼看，她的心情都算不上好。

「啊，宮城，妳該不會討厭法式吐司吧？」

我突然跑出去買東西。

無視宮城叫我認真念書的發言。

我想這大概是她心情不好的原因吧，但我說了更無傷大雅的理由。

「……」

第6話 如果對象是宮城，我想做的事

宮城看也不看我這裡。

「妳幹嘛不說話？」

「……我沒吃過，所以不知道。」

「原來有沒吃過法式吐司的人啊。」

我沒有瞧不起她的意思。

這是我單純的感想。

不過在宮城耳裡聽起來似乎不是這樣，我聽見她低沉的聲音傳來。

「我絕對不吃。」

「這沒什麼好鬧彆扭的吧？我教妳怎麼做，妳來幫忙啦。」

「我不要幫妳，妳自己做。」

「這算是課外教學啦。」

「妳又馬上就亂說這種話。」

宮城從漫畫裡抬起頭，露出不滿的表情。

「那我做好之後端過來，宮城妳在這裡等我。」

我沒力氣跟她抬槓下去。

反正我也沒有非要跟宮城一起做不可的理由。要是兩個人一起下廚，搞不好我才轉變的

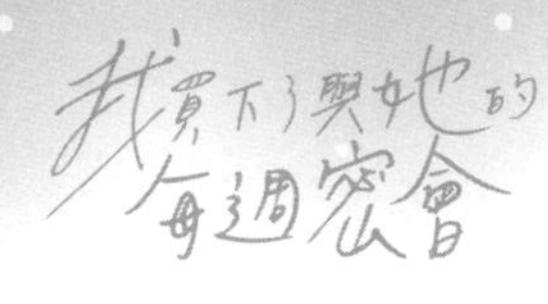

心情又會恢復原狀。就算她不來幫忙，我依舊可以做法式吐司。不僅如此，說不定她不在，我還做得比較快。我們一起做炸雞塊的時候也沒發生什麼好事。那時候她劃傷了手指，我喝了從她傷口流出來的血。

「我借用一下廚房喔。」

我對坐在床上的宮城說完，提著超市提袋準備走出房間，她卻拉住了我的T恤下襬。

「幹嘛？」

「我跟妳一起去。」

我不知道她在其他人面前是什麼樣子，可是在我面前的宮城總是很不老實。今天也是鬧彆扭鬧了半天，結果還是說要跟我一起去廚房。我想就連她說不要吃的法式吐司，到了最後她也一定會吃。

既然這樣，一開始就默默跟我來不就好了？

她真的很難搞。

然而像這樣對話，就覺得她是一如往常的宮城，我也是一如往常的我。感覺比我們在念書的時候更能維持住普通的自己。

我走過短短的走廊，前往廚房。然而宮城沒有走進廚房，而是坐到了客廳的吧台桌前。

「宮城，來這邊。」

我叫了感覺完全沒打算要幫忙的宮城。

「為什麼？」

「妳是來幫忙的吧？」

我明知道不要叫她比較好，嘴巴還是自作主張地動了起來。

不過應該不會發生什麼事才對。

我已經找回理性了。

「不是。仙台同學妳自己做啦。」

「別說那麼多了，來幫忙啦。就算不擅長下廚，妳還是可以幫忙把蛋打散吧？難道妳連這種事情都不會？」

我從超市提袋裡拿出牛奶跟蛋，看著宮城。她噘起嘴，一臉不高興的樣子。

「我做就行了吧？」

宮城粗聲粗氣地說，走進了廚房。

「我可以自己拿餐盤那些東西出來嗎？」

「隨便妳用。」

我照她所說的，隨便拿了幾個需要的用具出來，打了一顆蛋到調理盆裡。

「這個先幫我攪拌好。」

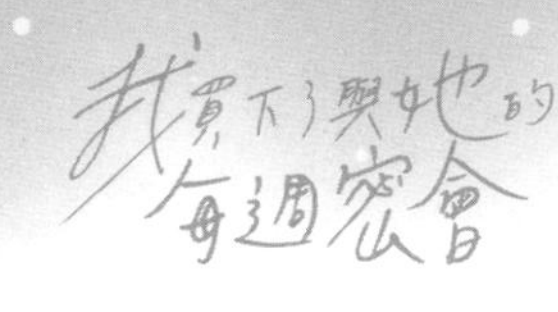

我把料理筷遞給宮城，才發現了一件很重要的事。

我忘了買要用來煎吐司的奶油。

我打開冰箱看了看裡面，看到有個盒子裡裝著顏色很恐怖，快死掉的奶油。我問宮城那是什麼時候買的，她雖然模糊地回答說：「是不久之前買的。」可是以不久之前才買的奶油來說，這奶油實在不像還活著。儘管如此，我還是選擇相信宮城，給出下一個指示。

「加一大匙砂糖進去，跟牛奶一起仔細攪拌。」

我把裝有砂糖的容器，跟已經倒進量杯裡量好分量的牛奶遞給宮城後，把吐司放在砧板上。

對半切開就好了吧？

雖然也可以切成比較好入口的四分之一大小，不過我決定今天對半切開就好，拿起了菜刀。我切開第一片吐司，看了看旁邊，發現宮城還在加砂糖。

「宮城，停。」

「幹嘛？」

「妳加太多砂糖了吧？妳加了幾匙？」

「大概三匙？」

「我應該有說只要加一匙吧？」

「甜一點比較好啊。」

「不好，不要亂改分量。」

兩匙還好說，三匙實在太多了。

但我也沒辦法把已經加進去的砂糖給撈出來，所以又打了一顆蛋到盆裡，打算靠增加蛋液的量來稀釋過多的砂糖。我把牛奶的量也改成兩倍，加進剛才打的蛋裡面之後，宮城又想再加砂糖進去。

「等一下，宮城。」

我抓住她那企圖加一堆砂糖，量多到會讓人胃食道逆流的手腕。

「妳等等要命令我還是怎樣都行，照我的話做啦。」

「我沒有想命令妳做的事。」

「有吧，一定有什麼。」

「那妳把這個喝下去。」

宮城不高興地說，指著加了大量砂糖的蛋液。

「妳說什麼傻話？」

就算砂糖的量正常，蛋液也是要用來泡吐司，不是可以直接拿來喝的東西。

「所以我就說我沒有要命令妳做的事啊。偶爾換仙台同學妳來下命令怎麼樣？為了感謝妳做法式吐司，我讓妳有命令我的權力。」

「那我只要命令妳別亂改砂糖的分量就結束了吧？根本沒有意義。」

「我可以聽妳三個命令。這樣我們就能和平地做法式吐司了吧？」

她果然還想再搗蛋。

要找我不下命令就不肯乖乖聽話的宮城來幫忙做法式吐司，還不如全都由我自己來做。

「妳說三個，妳是想當神燈精靈嗎？」

我從宮城手裡搶走調理盆，攪拌蛋液。

「神燈精靈聽的不是命令，而是願望吧？仙台同學妳才是，說什麼傻話啊？」

宮城果然是笨蛋。

她下的命令雖然是命令，但我就算下了命令，那也一定不會是命令。我不認為宮城會乖乖聽命於我，所以我下的命令就跟願望沒兩樣。而且神燈精靈會實現我的願望，但我就算向宮城許願，她也未必會幫我實現。

「我說啊，妳要幫忙就不要提什麼命令，老老實實地幫忙啦。妳要是不想幫忙，就去那邊坐好。」

我覺得這樣做很沒禮貌，但還是拿料理筷指著客廳。

可是宮城沒有要去客廳。

「仙台同學還不是會擅自訂新的規則，沒差吧？」

「是這樣沒錯。」

「趕快下命令啦。」

宮城轉過來面向我，說得像是在命令我一樣。

我不能接受。

為什麼應該要聽我命令的宮城這麼趾高氣昂？

真要說起來，就算可以下三個命令，我想要宮城做的事情，也只有別亂改砂糖的分量、也別亂改牛奶的分量、用小火煎吐司這些事情而已。而且這也不是我非要宮城做不可的事。

那我該命令她做什麼才好？

我的視線落到黃色的蛋液上。

我想要宮城做的事。

我想對宮城做的事。

不是沒有，但我覺得不是該在這裡命令她的事。

那除此之外還有什麼？

我放下調理盆和料理筷，轉過去面向宮城。

「下什麼命令都可以嗎？」

「可以啊。」

「那妳就這樣站著別動。」

「咦？」

「我叫妳別動。」

「我知道，然後呢？」

宮城好像以為我會命令她幫忙做法式吐司，帶著疑惑的表情看我。

「閉上眼睛。」

「……妳想做什麼？」

我明明命令她別動了，宮城卻往後退了半步。

「安靜聽我的話。」

「妳說安靜，這是命令？」

「對，命令。妳說會聽我的三個命令吧？」

宮城皺起眉頭瞪著我。她好像想抗議，喊了我一聲：「仙台同學。」但她馬上閉嘴，慢慢闔上眼。

宮城絕對不會聽我的話。

我本來是這樣想的，所以有些失望。她應該已經預料到接下來會發生什麼事了，我還以

為她會更強烈地反抗。

我伸手觸碰難得乖乖聽話的宮城臉頰。

就算我滑動手指，宮城也沒有動。

理應被盛夏的太陽給燒去的不合理感情仍未燃燒殆盡，我無法阻止自己。只是去買個東西這種短時間內就能找回的理性不過是一時的，三兩下就瓦解了。

我像宮城緩緩閉上的眼睛一樣，緩緩靠近她。我也閉上眼睛，她從我的視野中消失，我們的雙唇交疊後，我覺得自己彷彿能清楚看見我應該看不見的宮城，就這樣用力地把嘴唇貼了上去。

心跳的聲音比平常更急促。

我還沒有習慣跟宮城接吻到可以若無其事接吻的程度。儘管如此，第二次接吻——如果要正確計算我碰到她嘴唇的次數，那是第三次——果然還是很舒服。我明明只是碰上她柔軟的嘴唇，我瓦解的理性就像是奶油一樣的逐漸融化。

我不討厭接吻。

我還想再多碰觸她。

就算暑假期間發生了這樣的事情也無所謂。

我欺騙自己，告訴自己接吻也不是什麼了不起的事。

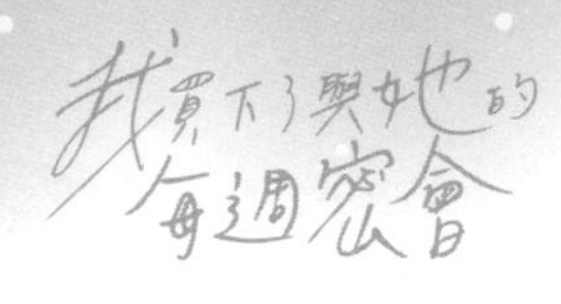

我用舌尖觸碰宮城的唇。我彷彿要撬開她緊閉的唇般伸出舌頭後，宮城的手推了我的肩膀一把。那力道出乎意料地大，讓我的唇一度離開她的，但我又再度吻了上去。

我溫柔地觸碰她，用舌尖舔著她的唇。

我沒有做更多事了，宮城卻毫不留情地咬了我的嘴唇。這次換我推開了宮城的肩膀。好痛。

我用指尖摸了自己的嘴唇後，傳來濕濕的觸感。我看向手指，上面沾有紅色的液體。

「又不是第一次了，不用做到這種程度吧？」

被她咬的地方傳來陣陣刺痛，讓我的聲音變得尖銳起來。

「跟是不是第一次沒有關係。我都已經聽了妳三個命令，是仙台同學妳不好，隨便亂來。」

宮城不高興地說。

我不知道她所謂的亂來是指我想伸舌頭進去，還是我舔了她的嘴唇。不過我只有吻上她嘴唇的時候，她沒有抵抗，所以我想接吻這件事情本身應該不包含在亂來裡面才對。

「妳也稍微控制一下力道嘛。」

我只說了無論如何都想告訴她的事。雖然我還有幾句想說的話，但我就算說了，宮城也只會跟我抱怨。

「有鏡子嗎？」

我有點在意傷口有多深，問了不知道地雷到底在哪裡，很難搞的宮城。雖然沒有流很多血，可是剛才那一下很痛，我的嘴唇現在也還在痛。居然會使勁全力咬這種地方，宮城這個人真是有毛病。

「要看傷口的話，我幫妳看。」

「我自己看就好。」

「這裡沒有鏡子。」

宮城這麼說，把臉湊近我。

到了非常近的距離。

那距離以看傷口來說實在太近，我本想開口問她：「妳要幹嘛？」然而在那之前，宮城就像貓還是狗一樣，舔了我的嘴唇。

這突如其來的動作讓我連出聲都忘了，伸手推了宮城。

「我只是幫妳消毒。」

宮城說得像是在找藉口，她退離我身邊後又繼續說道。

「血的味道好怪。」

「那當然吧？而且我之前也說過了，舔傷口不能消毒。」

我在這裡舔過宮城的血，所以很清楚血是什麼味道。

和我自己的血一樣，宮城的血也一點都不美味。宮城她自己在舔之前，應該也早就明白這點了。這樣不衛生，也不是會讓人想主動去做的事。所以我不懂宮城為什麼會想舔我的血，然而她又靠了過來。

「等一下，宮城。」

我制止了想把身體靠過來，嘴唇也跟著靠過來的宮城。

我為什麼要制止她？

我在自己也搞不清楚的狀態下，抓住了宮城的肩膀。

「明明是仙台同學妳主動誘惑我的。」

既然妳主動誘惑了，那我就回應妳。

宮城的話也可以這樣解釋，讓我很驚訝。

我至今為止的確是一直在做誘導宮城的行為，可是在她說之前，我都沒去思考過這件事。

「……意思是妳想再跟我接吻一次？」

我問了她也沒回應。

我主動拉近距離後，宮城雖然小聲地說了：「我來。」我仍就那樣把嘴唇抵了上去。

宮城的嘴唇觸感伴隨著些許痛楚，鮮明地傳了過來。

既柔軟又溫暖，感覺很舒服。

痛楚並未消失。

我的嘴唇還是一樣傳來陣陣刺痛，有點熱熱的。

相觸的嘴唇觸感卻覆蓋了痛楚。

如果只有雙唇相觸，那宮城也會老老實實的，我在經歷了比剛才長了那個一點點的吻之後，讓嘴唇離開了她的唇。

「……仙台同學妳很色耶。」

宮城喃喃說道，用怨恨的眼神看著我。

「宮城妳還不是想接吻，我們一樣吧？」

「才不一樣。」

宮城語帶反抗地如此斷言後，朝我伸出手。

她的指尖碰上我的傷口，慢慢撫摸著。

「那裡會痛。」

像是對我的話起了反應，指尖用力地壓了我的傷口。

我因為強烈的刺痛感而皺起眉頭。

光就物理上的距離而言，我和宮城比起之前更常接近彼此了。但我們之間仍有著無法填補的距離。

宮城是不是到現在還想看我不高興的表情呢？

她的手指還在繼續摸著我的嘴唇。

感受到她持續帶給我的痛楚，讓我思考起這件事。

第7話 仙台同學光會做些多餘的事

仙台同學不會用能以開玩笑來帶過的方式接吻。

我們第一次接吻的時候也是這樣。

如果是雙唇相接那種程度的吻，還可以說只是鬧著玩，以此為藉口矇混過去，可是她都會用不容辯解的方式接吻。如果只是雙唇相接就結束的吻，那接吻也無所謂，她卻想要更勝於此的吻。

「宮城，會痛。」

沒把命令用在做法式吐司上，而是用在接吻上的仙台同學開口抱怨，但我的手指依然沒有離開她的嘴唇，也不認為有需要拿開。

仙台同學的舌頭碰到我的嘴唇時，我覺得渾身不對勁，完全無法靜下心來。

她的體溫想要混進我的身體裡，我的腦袋深處逐漸發燙。

那樣的吻不是我們該有的吻，於是我咬了仙台同學的嘴唇。她那種不是開玩笑的吻，會喚醒我放進上了鎖的盒子裡，沉入內心深處的情感，所以我沒辦法接受。

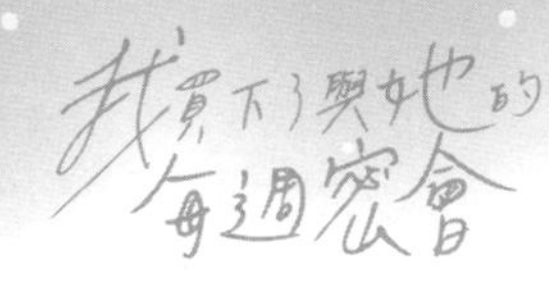

仙台同學嘴唇上的傷口比我想像中的還要深，不過這是她自作自受。

我在壓著傷口的手指上施力。

仙台同學的表情變得難看起來，原本只是在忍耐痛楚的她瞪著我。

感覺好久沒看到仙台同學帶著反抗的眼神了。

看到仙台同學這種唯有在這個家裡才會露出的表情，我就能沉浸在彷彿得到了某種稀有物品般的優越感之中。而且只有我能讓她露出這種表情的事實，也會令我的情緒高昂起來。

——直到不久之前都還是這樣的。

然而現在，在我內心某處也有個不想讓仙台同學露出這種表情的我存在。

這太奇怪了。

不好的是想用太超過的方式接吻的仙台同學，就我的立場而言，就算稍微回敬她一下也無所謂。不管她露出怎樣的表情都不重要。

我用指甲壓她的傷口。

指尖被黏稠的血液給沾濕，仙台同學抓住了我的手腕。

「就說會痛了。」

我的手隨著這句話被她粗魯地從傷口上拉開。

我看看指尖，發現上面沾有仙台同學的血，她的嘴唇上也一樣沾著血。我舔了一下沾在指尖上的血，跟舔仙台同學嘴唇的時候味道一樣，並不美味。

「不要舔，去洗手啦。」

仙台同學這麼說，想要打開水槽的水龍頭。我制止了那隻手，抓住她的手臂。

「手我等等再洗。」

「那妳現在要做什麼？」

暑假期間的仙台同學很囂張。

我明明打算主動吻她的，她卻在我吻她之前，用理所當然的表情吻了我。不過只是接吻這種小事，她要做倒也無所謂，但每次都是仙台同學自由地想做什麼就做什麼，我覺得太不公平了。

這裡是我家，三個命令也早就結束了，我也可以像她那樣去做我想做的事才對。

「接吻。」

我沒打算等仙台同學答覆。

我朝她走近一步，由我主動把臉湊過去。

我沒有閉上眼。

映在我視野中的仙台同學逐漸靠近。就算這樣，我仍沒閉上眼睛。仙台同學似乎敗給我的毅力，閉上了眼睛。我緩緩把嘴唇疊上她的。

隨著溫暖的體溫，應該是血的液體弄髒了我的嘴唇。

傳來的黏稠觸感有點噁心，不過嘴唇相觸這件事本身很舒服，跟她吻我時幾乎一樣舒服。我用力把嘴唇抵上去後，仙台同學的身體稍微往後縮了一下，可能是傷口會痛吧？嘴唇不管跟身體的哪裡碰在一起，除了柔軟程度不一樣之外，觸感應該沒有太大的不同，然而嘴唇和嘴唇相觸時，心跳卻會加速，身體也會變得熱起來。

我不知道是不是跟誰接吻都會有一樣的感覺。

我也不想知道。

不過我知道跟仙台同學接吻之後會怎麼樣了。

我抓著她的T恤，用力把嘴唇壓上去。嘴唇比剛才沾上了更多血，和比任何地方都柔軟的嘴唇緊貼在一起。可是仙台同學馬上就退開了。

「妳動作再溫柔一點啦，我嘴唇很痛耶。還有妳這樣會拉鬆我的T恤，放開。」

仙台同學這麼說，拍了一下我的手背。

我什麼都沒回應她，洗完手之後開始攪拌蛋液。仙台同學也沒責怪沒有回話的我，開始切起吐司，廚房裡只有料理筷咖咖咖地撞上調理盆的聲音。

我的心臟還跳得有點快。

我持續看著黃色的液體，卻也沒辦法一直保持沉默。

「這個要怎麼辦才好？」

我不知道黃色的液體怎樣才算完成，抬起頭問仙台同學。

「已經可以了。等等只要把吐司泡進去再煎過就好，所以宮城妳到另一邊去吧。」

把本來在客廳的我叫來幫忙的仙台同學，說得像是要把我趕出廚房。

也太不負責任了吧？

我是很想抱怨我特地過來幫忙，她卻把我趕回去這這件事。不過繼續待在廚房裡實在很尷尬，而且她要是叫我煎吐司那也傷腦筋。

我老實地聽從仙台同學的指示，離開了廚房。

我坐到吧台桌前等待後，甜蜜的香氣隨著煎東西滋滋聲一起飄散而來。沒多餓的肚子彷彿在催促食物似的動了起來，我探出身體往前看，看到煎出了焦痕的吐司。然後在等了比想像中更久的時間後，法式吐司上桌了。

「因為有某人不聽話，我不知道好不好吃。總之妳吃吃看。」

仙台同學把刀叉放到我前面，坐到我旁邊。我們沒有刻意要一起說，但兩句「我開動了」重疊在一起，我和仙台同學瞬間看了彼此一眼。

我用叉子固定住長得很像煎蛋捲的吐司，把吐司切成小塊。將金黃色的方塊放入口中後，外酥內軟的吐司帶來了雞蛋與奶油交融而成，感覺有些懷念的味道。

「第一次吃法式吐司的感想如何？」

仙台同學看著我。

「比我想像的還甜。」

「那要怪宮城妳吧？因為妳加了一大堆砂糖進去。」

仙台同學對此很不滿地說。

「嗯，可是我覺得還滿好吃的。」

這不是在說謊。

雖然感覺上的確有點太甜了，不過初次吃到的法式吐司，可以分類到我喜歡的食物裡。炸雞塊也是，煎蛋捲也是。

仙台同學做給我吃的東西都很好吃。說不定連我討厭的食物，她都能做得很好吃。

「那就好。」

從身旁傳來她像是鬆了一口氣的聲音。

仙台同學下廚做料理給我吃的時候，我只要說好吃，她總是會發出這樣的聲音。明明不必顧慮我的反應，但她好像還是有點在意。

我又吃了一口法式吐司。我咀嚼柔軟的吐司，吞入胃袋後，聽見刀叉碰到盤子發出的響聲，往旁邊一看，只見仙台同學用手摀著嘴。

「妳沒事吧？」

我不用問也知道她為什麼摀著嘴。

法式吐司碰到傷口了。

我想應該是這麼回事，不過會受傷是仙台同學自找的，我沒必要為此感到不安。只是她的表情看起來實在很痛，讓我忍不住問了她有沒有事。

「不要把人家咬到流血啦。」

仙台同學皺起眉頭，瞪著我看。

「是仙台同學不好，做了會讓人想咬妳咬到流血的事情。」

「妳明明就不討厭接吻。」

「我也沒特別喜歡啊。」

「哦？」

仙台同學對我投以疑惑的語氣和眼神。

我把法式吐司放進嘴裡，彷彿要逃離她的聲音和視線。我慢慢咀嚼，等到奶油的香氣從口中消失後，跟她說了一句我想說的話。

「從後天開始，妳表現得再普通一點啦。」

「所謂的普通是？」

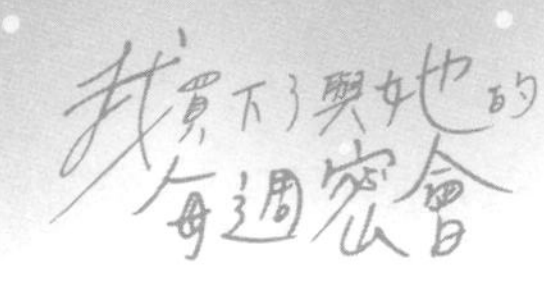

「不要做奇怪的事。」

如同仙台同學所言，我不討厭接吻，假如對象是仙台同學，要接吻也可以。

只是我覺得那不是接下來該繼續做好幾次的事情。

我們不是這世上所說會接吻的關係，也沒預計要發展成那樣的關係。這個暑假單純是特例，等第二學期開始，我們照理來說又會過著和第一學期一樣的每一天。

而且要是又發生這樣的事，我覺得我會漸漸無法踩煞車。因為我不討厭，沒自信能維持普通的狀態。我知道這樣拖拖拉拉地持續做出這種行為，到最後一定會出事。

「奇怪的事是什麼事？」

仙台同學用叉子叉起法式吐司。

「奇怪的事就是奇怪的事啊。」

「妳說清楚啊。妳想叫我別吻妳對吧？」

「妳既然知道，就不要再做這種事了。如果真要做，看是要念書還是聊天都好，做這種事情好嗎？不喜歡的話，這裡也有書和遊戲，妳可以隨便找點什麼來打發時間吧？」

我粗聲粗氣地說完，從仙台同學的盤子裡搶了一塊法式吐司。我一口吃下去之後，仙台同學燦爛地笑著說了。

「宮城，妳知道嗎？會一起做那種事情的人啊，就是所謂的朋友喔。」

客廳裡響起她開朗到顯得有些刻意的聲音，仙台同學站起身，說：「我去拿飲料。」她走向廚房，只有聲音從稍遠的位置傳了過來。

「不過宮城要是想跟我做那種像是朋友之間會做的事情，那我從後天開始會那樣做就是了。」

仙台同學很快就回來了，在桌上擺了兩個玻璃杯。

「我也不是想跟妳做像是朋友會做的事。」

「是嗎？如果妳覺得普通一點比較好，那玩個假扮朋友遊戲就好啦。既然這樣，我們不如就像朋友那樣，兩個人一起去看個電影吧？」

仙台同學擺出我在學校經常看到的笑臉，喝下麥茶。

我從她的語氣就知道她不是認真的。

我怎麼可能去啊？

仙台同學認定我會這麼說。

所以我絕對不說。

「……好啊。我們去看。」

「妳說電影？」

「對，明天或是週四去吧。」

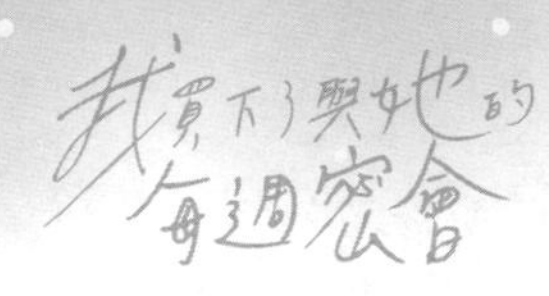

雖然不是在假扮朋友，但我曾把仙台同學當朋友那樣對待過。

閒聊一些無關緊要的小事，一起玩遊戲。

我曾試著跟她做一些我跟朋友會做的事。

到最後我還是沒跟仙台同學變成朋友就是了。

但這次或許會有不一樣的結果。那時候只有我這麼做，這次仙台同學卻也會跟我一起玩這個「假扮」朋友的遊戲。我並不是想跟她當朋友，然而這說不定能成為讓我們快要扭曲的關係復原的契機。

「為什麼是明天或週四？」

仙台同學問得猶如在刺探些什麼。

「要玩假扮朋友遊戲的話，挑妳不用當家教的日子比較好吧？」

「說得也是。那就約週四吧。」

仙台同學用我在這個家裡從未見過的笑容說道。

這也不對，那也不對。

我把衣服一件件攤在床上沉吟，又收回衣櫃裡。儘管我已經持續做這件事做了三十分鐘，還是無法決定要穿什麼衣服。

我也知道不過是衣服，不需要花這麼多時間來挑。

昨天仙台同學來當家教時，我們雖然沒決定要看哪部電影，但說好了要去的地方。

那是我們平常不會去，同一所學校的學生也不會去的地方。

我們立刻決定好的碰面地點就在那樣的地方，必須搭電車過去。畢竟沒人知道我跟仙台同學會在放學後碰面，我們暑假有見面的事情也是祕密。由於不能去有可能會撞見熟人的地方，我才刻意選了一個比較遠的地點。

走去車站，搭電車。

就單純為了看一場電影而言，這路程很花時間。就算是這樣，因為我們是約在下午碰面，所以還有時間。

「這樣就行了吧？」

襯衫配牛仔褲。

我拿起前陣子跟舞香她們碰面時穿的衣服。

沒必要為了去見仙台同學而這麼認真。

不要在那邊想半天，趕快決定下來就好了。

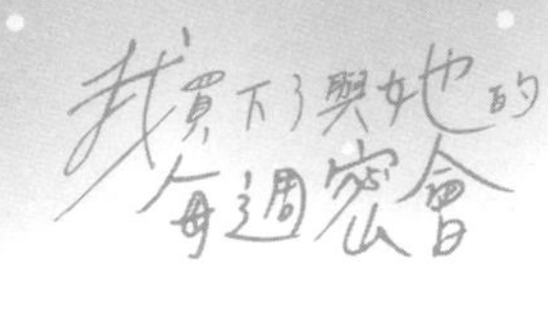

我迅速換上衣服，把拿出來的衣服收好，煩惱著要不要綁頭髮，拉開了窗簾。看向窗外，外頭是一片耀眼奪目的陽光。

感覺很熱。

因為脖子好像會曬傷，我沒綁頭髮，改塗了防曬乳。看了一下時鐘，現在要出門還有點太早了。

我嘆了口氣。

儘管答應了仙台同學是當作開玩笑才說出口的提案，但我的心情好沉重。我是有想看的電影，卻不知道她會不會想看。即使仙台同學有想看的電影，我也不知道我會不會想看。

我不清楚那些假如是她的朋友應該就會知道的「關於仙台同學的事」喜歡的電影、音樂類型，或是喜歡的食物。

我從沒問過如果是她的朋友，感覺理所當然會知道的那些事情。

我長長地呼出一口氣，然後「啪」的一聲，輕輕拍了自己的臉頰。

今天只是要玩「假扮朋友遊戲」而已。

不是什麼難事。

只要像我跟舞香她們相處那樣跟仙台同學相處就好了。就算想看的電影不同，應該也能找到妥協方案，至今為止，我和舞香她們也是這樣在興趣、嗜好上互相磨合的。

「雖然還有點早，不過算了。」

我拿起包包，走出住宅大樓。

走不到十分鐘我就開始流汗，沾濕了襯衫。夾雜在車輛行駛聲的蟬叫聲害人感覺更熱，煩死了。

我逃進大樓的陰影下，停下腳步。

這麼說來，仙台同學家離我家並不遠。既然目的地一樣，說不定我們會搭到同一班電車。

我沒想要尋找她的身影，卻看了看周遭。

她怎麼可能會在啊？

我在心裡喃喃自語，為了搭平常不會搭的電車而穿過剪票口。不管是在悶熱的月台上，還是沒多涼的車廂裡，都沒出現熟悉的面孔。經過幾站之後，我下了車。在車站裡朝著我們約好要當成碰面地點的奇怪雕像前面走去。不過在我走近奇怪雕像前，「假扮朋友遊戲」的對象便進入了我的視線範圍內。

遠看也知道是仙台同學的那個人，和到我家來時的她無論是服裝還是氣質都不一樣。

仙台同學穿著的長裙和無袖襯衫很常見，不是什麼特別的款式，但很適合她。而且或許是因為外貌吧，她看起來相當醒目。

要不是跟她有約，她絕對是我不會主動過去搭話的那一型。就算有約在先，我也覺得很難開口叫她。我敢說我們即使同班也不會變成朋友，也一定不會在同一個小圈圈裡。印象比較貼近我們剛升上二年級，還沒變成這種關係前的仙台同學就站在那裡。

可是我也不能不去叫她。

我嚥下到嘴邊的嘆息，往前走三步後，和仙台同學對上眼。在我走近之前，她先朝我走了過來，叫了：「宮城。」並朝我揮手。

「抱歉，讓妳等很久了嗎？」

我其實沒有遲到。距離我們約好的時間大概還有十分鐘，所以我不需要道歉，不過我想既然是朋友，說聲抱歉比較好吧，就還是說了。

「我上完考生衝刺班直接過來，結果有點太早到了。」

我不知道她等了幾分鐘，但仙台同學笑著說：「別在意。」接著由上到下打量了我一番之後說了。

「宮城跟在家的時候沒什麼差別耶。」

「畢竟不需要做什麼改變。」

「這樣啊。」

「仙台同學平常的穿著都是這種感覺嗎？」

之前我看到跟茨木同學在一起的仙台同學時，可能是因為距離隔得很遠，總覺得跟她現在的穿著感覺不太一樣。

我只是沒來由地有點在意，才試著問她，不過在不同日子作不同打扮倒不是什麼稀奇的事，好像也不是需要特地問的事情。可是她抓著自己的裙子，表情看起來認真到不行。

「是這樣沒錯，很奇怪嗎？」

「不會啊。我只是問一下而已。」

「那就好，總之我們走吧。」

仙台同學讓裙襬輕柔地飛揚起來，邁開腳步。目的地不用說，當然是電影院。我們在車站裡走了一小段路，搭上電梯。電梯往上爬了幾層樓之後，我們走出電梯，張貼在牆上的海報映入眼簾。

「妳有想看的電影嗎？」

仙台同學邊看著海報邊問我。

「基本上是有。」

「有喔？是哪部片？」

我說出原作是我家書櫃上有的某部戀愛漫畫的國產片片名。

「啊～那部片啊。羽美奈之前曾說她想看。」

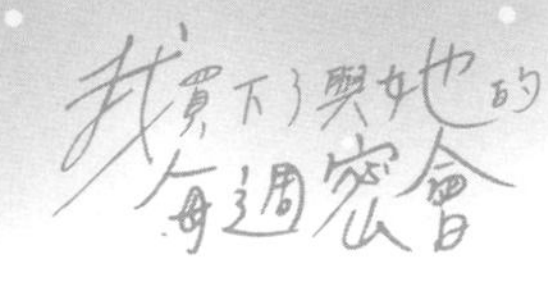

「茨木同學想看？」

「因為她好像喜歡跟女主角演對手戲的演員。」

「這樣啊。」

我猶如喃喃自語般地回答，想接著問：「仙台同學也喜歡那個演員嗎？」卻又把這句話給吞了回去，說出在這個場合最自然的台詞。

「仙台同學妳有想看的電影嗎？」

「有。」

我從這麼回答的她口中聽見的，是我現在最不想聽到的電影片名。

「妳想看那部片喔？」

「很適合夏天吧？宮城妳看恐怖片ＯＫ嗎？」

不ＯＫ。

仙台同學說想看的電影，是以學校為舞台，所謂的Ｂ級恐怖片。她看起來實在不像是會看這種電影的人。而我連恐怖片的廣告都不想看。真要看這部電影的話，我現在就想轉身回家了，可是我如果跟仙台同學說我不想看，她一定會揶揄我，所以我不想說。

「……」

「咦，宮城妳是不敢看恐怖片的那種人嗎？」

看我沒說話，仙台同學開口問我。

「與其說不敢，應該說我想看其他片。」

「妳是那個對吧？到了晚上就覺得說不定會有妖怪跑出來，不敢去廁所的那種人。」

「才不是。」

「不是的話，要看恐怖片嗎？」

仙台同學愉快地說。

事情演變成這樣，我死都不願意說我不想看。然而照這樣發展下去，真的要去看恐怖片的話我也很頭痛。

「……這世上不可能有幽靈，但廁所裡說不定會有手伸出來啊。」

背後有什麼東西。

儘管知道什麼都沒有，但是一個人在家，有時候就是會冒出這種感覺，讓我害怕起來。像這種時候，我覺得就算有什麼東西從廁所裡跑出來也不奇怪。

「宮城妳家人好像都很晚才回家是吧？」

與其說很晚，不如說不太常回家，我卻不想特地說出這種事而閉口不語。這時仙台同學輕笑著說了。

「好啊，就看宮城想看的電影。畢竟妳要是晚上去不了廁所就傷腦筋了嘛。」

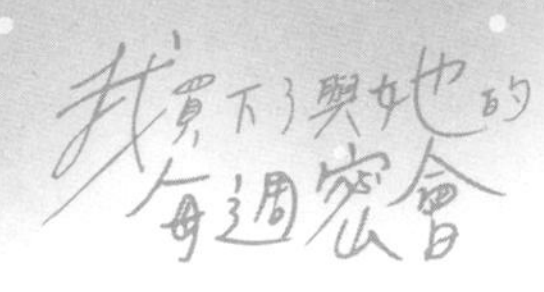

「妳根本是在嘲笑我吧？」

「才沒有。我只是覺得妳好像小孩子，很可愛。」

「妳果然是在嘲笑我嘛。」

「就說沒有了。只是我記得宮城妳喜歡好結局？但這部片不是好結局吧？」

我想看的電影是戀愛片，在原作漫畫裡，女主角死了。雖然故事結尾就像仙台同學所說的，稱不上是好結局，不過女主角和單戀的男生在一起了，不是那種看完後會讓人心情很差的結局。

然而現在比起電影結局，我更介意仙台同學的記憶力。

我確實有在她面前說過不是好結局的戀愛小說很無聊，但只說過一次。

「真虧妳記得耶。」

「因為我還沒看完妳就洩露劇情，我懷恨在心。」

仙台同學用分不清她是在開玩笑還是認真的語氣說道。

「結果妳還是看完了啊。」

「是啦。所以電影就算不是好結局也沒關係嗎？」

「畢竟就算不是好結局，我還是喜歡那部作品。」

「那我們去買票吧。」

仙台同學對我微笑後轉身。

今天的她比平常更常笑。

因為是朋友。

就算這是原因，但都怪跟昨天不同的仙台同學，就連電影已經開演了，我的心還是靜不下來。

到片尾名單正好兩小時。

我直到最後的最後都沒有站起來，看完了片尾名單。

我旁邊的仙台同學直到最後也沒有站起來。

我跟不看片尾名單就走的人合不來。有時候在片尾名單的最後還會有彩蛋，而且我也想要享受電影的餘韻，所以我覺得仙台同學是會跟我一起坐到最後的人真是太好了。

儘管一開始沒辦法專心看電影，不過隨著時間經過，我也就不在意身旁的仙台同學了。反正在看電影的期間，不管是誰在旁邊，都不需要說話，只要面向前面就好。拜此所賜，雖說是從途中開始，但我可以專心地跟上電影的劇情。

「宮城，妳覺得好看嗎？」

在影廳的燈亮起來的同時，仙台同學微笑著向我搭話。

「很好看。」

我簡短回答，站起身。

電影沒有忠實地照著原作的內容去呈現，不過我覺得做出來的成果很不錯。然而我不知道仙台同學是怎麼想的。我不記得自己有聽她提過她覺得好看的電影，所以沒辦法推測這劇情合不合她的喜好。

「仙台同學妳呢？」

我邊走邊問她。她表情沒變地說了。

「很好看。」

「真的嗎？」

她沒表現得一臉無趣，口氣也不像在說謊。然而仙台同學的態度讓我覺得不太對勁，於是我又反問了她一次。

「真的啦。我覺得很好看喔。」

仙台同學用開朗的語氣舉出幾個場景，陳述她的感想。接著又說了一次好看之後停下腳步。

「接下來要怎麼辦？要去別的地方嗎？」

仙台同學在電影院前為了決定接下來要往哪走，詢問我的意見。

第7話　仙台同學光會做些多餘的事

「別的地方是什麼地方？」

我們沒講好看完電影之後的行程。

因為我想都沒想過，只好反問她。

「像是去逛街，看看衣服之類的。」

「我跟仙台同學的品味不合。」

「要逛的話，可以挑宮城妳喜歡的去看喔。」

「我也沒有想看的衣服。」

衣服我只有要衣櫃裡的那些就夠了。又沒有什麼想要的衣服，就算跟仙台同學去看衣服，我也覺得逛不了多久。

「那要去吃點什麼嗎？」

仙台同學帶著柔和的笑容看我。

「是可以，要吃什麼？」

「吃點簡單的東西好了。妳想吃什麼？」

「仙台同學妳決定。」

「這個嘛……宮城妳喜歡吃甜食對吧？」

挑仙台同學喜歡吃的就好了。

我叫她決定地點是包含了這層含意，卻好像沒傳達給她。仙台同學想要配合我的喜好來決定目的地。

這沒什麼不好。

假如對象是舞香她們，我應該就會老實告訴她們我想吃什麼。

可是就算現在的仙台同學這樣對我說，我也不覺得高興。

我知道理由是什麼。

是因為仙台同學異常溫柔，一直在笑。

在這裡的仙台同學，跟我在學校看到的仙台同學一樣。

笑嘻嘻的，用開朗的語氣說話。

現在的她感覺是我們剛升上二年級時，連話都沒有說過的同班同學，是連對我這個人有沒有印象都不知道的同班同學。我在約好要碰面的地點看到的仙台同學給我的印象沒有錯。

這樣的仙台同學，不是我認識的仙台同學。

「抱歉。吃東西還是算了。」

我以車站月台為目的地開始往前走。

「等一下，宮城，妳要去哪裡？」

如果這裡是我的房間，我應該會聽到她語帶不滿的聲音，從身後追上來的卻依然是溫柔的語調。

噁心。

胃在翻騰，感覺快把午餐吃的東西給吐出來了，我加快腳步。

「我要回去了。」

我沒回頭地告訴她。

「已經要回去了？太快了吧？」

「並不快。」

只會一味配合我的仙台同學無聊透頂。

就算跟這樣的仙台同學待在一起，也一點都不好玩。

「那我可以去宮城家嗎？反正還有時間。」

仙台同學這麼說，抓住了我的手臂。我回過頭，只看到臉上依然掛著笑容的她。

「要是宮城妳不想讓我去，我就不去，不過我們回程可以一起走吧？」

「為什麼？」

「妳還問我為什麼，就算我不去宮城家，我們也是要搭同樣的電車，回去的方向到途中都一樣啊。那一起回去不就好了？我們今天是『朋友』吧？」

仙台同學好像還在玩「假扮朋友遊戲」，抓著我的手臂不肯放開。

她說的倒不是什麼怪事。

我家和仙台家意外地近，既然要回去，一起走很合理。可是一起回去的話，我們特地選在遠處碰面，避免撞見熟人的安排就沒有意義了。

「是沒錯，但被人看到就麻煩了。」

「反正盂蘭盆節期間大家都去親戚家了，不會碰巧撞見誰啦。」

仙台同學不負責任地如此斷言，拉著我的手臂。

「說不定會撞見啊。」

今天的確是盂蘭盆節，卻也不是每個人都會去親戚家。

「就說不會碰到了，一起回去啦。」

仙台同學說完後就拖著我往前走，我不得已，只好走在她身旁。

我覺得現在的她比剛才那個一點主見都沒有的仙台同學像樣多了。

有點強硬地要別人接受自己的意見。

我雖然不喜歡她的這種態度，但總比像個人偶的仙台同學好。我是這麼想的，然而她臉上的笑容還在，所以我還是覺得不太舒服。

仙台同學邊走邊找了些話題。

不管我有沒有應聲，她都會繼續說些什麼，在月台等電車的期間、搭上電車之後，她都不斷地在跟我說話。

電車「喀噹、喀噹」地在軌道上行進。

景色掠過窗外，離家越來越近。

耀眼的街景和蒼翠的綠意接連流逝，逐漸變為熟悉的景色。我應該不討厭仙台同學的聲音，然而我明明有聽見，卻聽不進去。她的聲音與車內無數的雜音交融、消失。

電車抵達月台後，仙台同學下了車，我也下了車。

我們走到被高樓大廈圍繞的大街，在熟悉的路上前進。

在去仙台同學家回來的路上，我以為再也沒有機會並肩同行的她一直走在我身旁。可是話一直聊不起來，我也不想聊。

我討厭這種氣氛。

我的嘴隨著心情一起變得沉重，沒辦法順暢地開合。硬是想說話，空氣就會形成看不見的膜，貼上來封住我的嘴。我想仙台同學也覺得跟心情不好的我在一起很無聊吧。

然而她一直走在我身旁，沒有在途中就與我分開。

「結果妳一直跟到我家來了嘛。」

我端了冰麥茶給一臉理所當然地出現在我房裡的仙台同學，走到坐在桌前的她身旁坐下，喝了口汽水。

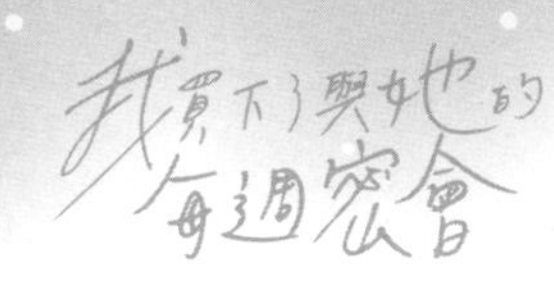

「妳想把朋友趕回家嗎？」

「妳還在玩假扮朋友的遊戲啊。」

「我們今天一整天都是朋友吧？」

背靠著床坐在地上的仙台同學仍掛著笑容說道。

像個好人，感覺很討厭。

我想仙台同學也已經發現裝成朋友沒有意義了。「假扮朋友遊戲」再怎麼樣都只是個「遊戲」，不會變成事實。

「仙台同學，妳真的覺得剛才的電影好看嗎？既然妳說我們是朋友，就跟我說真話。」

電影的感想根本不重要，可是我不想要她對我說謊。繼續玩假扮朋友遊戲雖然沒有意義，但她要說我們是朋友的話，至少可以回答我這個問題吧？

我看著仙台同學。

到剛才為止都一直在說話的她輕輕吐出一口氣。

「……我看得出導演就是想弄哭觀眾，所以有點出戲。覺得漫畫比較好看。」

仙台同學沒對上我的視線，但用溫柔的語氣說了。

跟我今天聽到的每個感想都不同的這番話，我不認為她是在說謊。說是這麼說，這仍不是能令我滿意的答案。

「這樣可以了嗎？」

仙台同學只有嘴角在笑地看向我。

覺得好看的電影類型不同。

這在我跟舞香她們去看電影的時候也曾經發生過，所以我跟仙台同學對電影的喜好不同也無所謂。

問題是她的態度。

始終帶著微笑的仙台同學，有種莫名的隔閡感。

「我覺得我果然沒辦法跟仙台同學當朋友。」

我抓住今天一直在心裡飄盪的話，說出口。

我以為我只要和她一起做些和朋友會做的事，就算當不成朋友，或許也能重建我們之間快要倒塌的關係，但那只是我的錯覺。

跟裝成是朋友的仙台同學在一起也不開心，我也不想跟這樣的仙台同學在一起。而且我沒有想恢復我們快要扭曲的關係，到不惜選擇跟這樣的她在一起的程度。她卻依然在做無謂的努力。

「才過不到半天而已，妳就已經得出結論了啊？」

仙台同學溫和地說，喝了口麥茶。

「就算再過幾個小時，也不會有什麼差別吧。」

「妳是哪裡不滿意？」

「全部。現在的仙台同學感覺很噁心。」

「妳也不用說到這種地步吧？」

仙台同學最後「唉～」地大嘆了一口氣，把玻璃杯放到桌上。

「明明是宮城妳說想玩假扮朋友遊戲，我才回應妳的要求耶。」

「我才沒有提出這種要求。」

「妳約我去看電影，就等於是提出要求了吧？」

「可是一開始說不如去看個電影的人是仙台同學啊。」

「宮城妳也說了要去看啊。」

仙台同學恨恨地說，躺到床上。她沒有躺成大字形，但還是很不像樣，裙子感覺會皺掉。

「仙台同學，不要在別人的床上滾來滾去。裙子會掀起來喔。」

「只要宮城妳不做什麼奇怪的事，我的裙子就不會掀起來。」

她毫無幹勁的回答傳來，從床上伸出的手臂重重地打在我身上。就算我說她礙事，碰到我肩膀的手臂仍一動也不動。我抓住她那放鬆無力的手臂。

從無袖襯衫底下露出的手臂完全沒曬黑，白得驚人，實在不像是每週會在大太陽底下走來我家三次的人。我看向她白皙美麗的手臂前方，雖然不太顯眼，但指甲上塗了指甲油。

我很在意，要是我碰她的身體，她會不會像平常那樣抗議，或是露出不高興的表情，於是把手放到了仙台同學的肩膀上。我將指尖從上手臂一路滑到手腕，看了看她。在我的視線前方，仙台同學什麼都沒說，依然是一臉毫無幹勁的樣子。

我把臉湊近比手腕略高一點的位置。

就這麼吻上去之後，頭被她推了一把。

「是宮城妳說不要做奇怪的事情的。」

仙台同學發出心情很差的聲音，瞪著我。

看到她這副模樣，我覺得自己終於見到我認識的仙台同學了。

果然還是這樣的仙台同學比較好。

我明明確實有這樣的感覺，但看到她不高興的樣子，卻又有種宛如針扎的刺痛感在體內擴散開來。我繼續抓著她的手臂，求助似的加重了手指上的力道。

「碰一下又沒關係。」

我語氣不變地向她搭話。

「與其說碰，妳剛剛那是要親吧？宮城妳會對朋友做這種事情嗎？」

第7話 仙台同學光會做些多餘的事

「我不會對朋友做，可是仙台同學不是朋友。而且假扮朋友遊戲已經結束了。」就在身邊，假日也會碰面。

每週會閒聊好幾次的我們，成為朋友也不是什麼怪事。然而是開始的方式不對嗎？還是至今為止共度的那些時間錯了呢？我會稱仙台同學為朋友的世界沒有到來。

我再次把嘴唇湊近她的手臂。

可是這次在我的嘴唇碰到她之前，她拉了我的頭髮。

「我說啊，倒不是說只要不是朋友，就什麼都能做好嗎？」

仙台同學口氣強硬地說完後，不客氣地打了我的額頭一下。那個沉穩又溫柔的她不知道上哪去了，看不到半點影子。

「我覺得只要仙台同學說我做什麼都可以，那就沒問題了啊。」

我說沒問題，根本是在說謊。

即使再三重複這種行為也不會有好事，會踩不了煞車，這些事情我都很清楚，我卻無法反抗想要觸碰仙台同學的欲望。追根究柢，仙台同學要是乖乖回自己家，事情就不會演變成這樣了。就是因為她理所當然地出現在我房間裡，才會變成這樣。

我咬了她的手臂來代替嘆氣。

「宮城，很痛耶。」

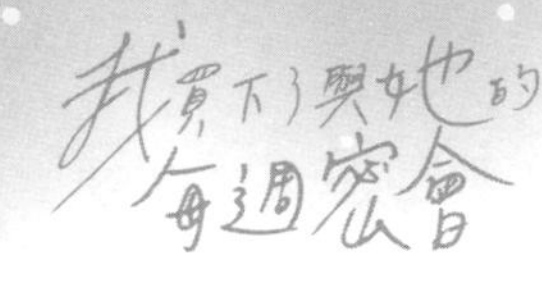

我明明沒有咬得很大力，仙台同學卻誇張地喊痛，還補上一句：「我沒說妳做什麼都可以。」

「那妳趕快說可以啊。」

「暑假宮城沒有權力命令我。」

嫌麻煩地說完後，仙台同學爬了起來，然後以床代替椅子坐下，撫慰著被我咬出的痕跡。

「進入暑假之後我也有命令過妳啊。」

「那是特例。今天我沒給妳那種權力。」

「只要有權力就可以了？」

不管是要得到命令的權力，還是這副模樣的仙台同學，我都知道該怎麼做。所以我站起來，從放在包包裡的錢包中取出五千圓紙鈔，拿到仙台同學面前。

「這樣就行了吧？聽我的命令。」

「不是只要給我五千圓，就能解決任何問題耶。而且我已經收過妳的五千圓了。」

「那是家教的份。這是我接下來要命令妳的份，妳收下。」

她不願意接受我的說詞，我雖然想硬把五千圓塞給她，她卻不肯收。不僅如此，她還踢我的腿，清楚地說了：「我不需要。」

我坐到仙台同學旁邊，把無處可去的五千圓鈔票放在我們兩人之間。

「仙台同學，聽我的話。」

這其實是不在我們規則裡的行動，所以她當然可以拒絕我。實際上，仙台同學的確沒有收下我的五千圓。放在床上的五千圓紙鈔一直被我和仙台同學夾在中間，無所適從地躺在那裡。

可能沒辦法了。

在我死了心地朝五千圓伸出手時，仙台同學刻意要引人注意似的大嘆了一口氣，然後蹬了地板，發出「咚」的一聲。

「——雖然不是要做什麼都可以，不過妳那麼想碰我的話，就碰啊。」

她放棄掙扎地說，轉身面向我。

她沒有指定我可以摸的地方，還有可以摸她的方式。

我靜靜地摸了她的臉頰。

沒聽到她說不行或是討厭的聲音。我用指尖一路摸到她的下顎，然後用同樣的方式摸了她的嘴唇。我試著把臉湊近，她也沒有開口抗議，所以我就這樣把嘴唇疊了上去。

可是我只有輕輕碰一下，馬上就退開了。我連交疊的唇有多柔軟、多溫熱都不知道地看著仙台同學，聽見她不滿的聲音。

「我覺得妳剛剛那樣不叫碰。」

「妳沒說只能用手碰妳。」

「妳真的很讓人生氣耶。」

儘管她的語氣也可以解釋成在生氣，她卻仍坐在床上沒動。沒有逃離我身邊，繼續坐在那裡。

所以我又用嘴唇碰了一次仙台同學。

她不是朋友，所以就算接吻也沒關係。

這或許是詭辯，但仙台同學也吻過我好幾次了，所以我想她也沒資格抱怨。而且討厭的話，她只要逃開就好了。

我比剛才更用力地把嘴唇疊上去，確認她嘴唇的觸感。

比任何人都更貼近我的仙台同學的嘴唇，跟幾天前一樣柔軟。

明明有走在太陽底下，應該也混了些汗水的味道才對，她身上卻傳來好聞的洗髮精香味。

嘴唇和嘴唇緊貼在一起。

我不懂這麼簡單的事為什麼會讓人覺得舒服。而且我也不知道，我變得更想觸碰、接近仙台同學的原因是什麼。

再一下下。

我繼續行使可以觸碰她的權力。

我抓住仙台同學的手，把嘴唇又更加緊貼上去。比起柔軟，更能感覺到她的體溫。我讓嘴唇離開她後，她用枕頭打了我的頭。

「這個，不能由我主動嗎？」

仙台同學抱著枕頭看我。

「不行，因為仙台同學會做些多餘的事。」

只是接吻的話還沒關係，可是她不是這樣。我命令她，她也會企圖做些超出命令範圍的事。真要說起來，仙台同學根本不該問我這種多餘的問題。她該做的事情是拒絕我。

如果她想安穩地度過所剩無幾的暑假，就該這麼做。仙台同學卻說得像是要把接吻這件事納入日常生活的一部分。

「不做多餘的事就可以？」

「今天不行。」

「這意思是如果不是今天，改天或許就可以？」

「仙台同學妳很煩耶。」

我把臉湊過去，彷彿要堵住就光會亂說些廢話的仙台同學的嘴。

「宮城。」仙台同學叫了我的名字。

然而我沒回話，吻了她。

幕間 下雨天的宮城對我做的事

今天原本應該是陰天的。

我一手拿著傘，看著校舍玄關的另一側。

氣象預報只是在預測未來的天氣變化，不是絕對準確的情報，所以我並沒有因為外面在下雨而吃驚。畢竟梅雨季還沒結束，原本是陰天的預報變成了雨天，也不過就是這麼回事。我其實想說可能會發生這種事而帶了折傘出門，所以沒有任何問題。

——本來應該是這樣的。

今天就算手上有傘，我也不想走出學校。

校舍玄關外和校舍內是截然不同的世界。

放學後，在我等被老師叫過去的羽美奈時下起的雨，彷彿挾著莫大的恨意，狠狠淋濕了整座城鎮。區區折傘感覺根本派不上用場，令人不禁猶豫是否該走出校舍。走到外面絕對會淋濕。先不提有父母開車來接她的麻理子，但和帶傘來的男朋友一起走回去的羽美奈，應該已經淋得一身濕了吧？

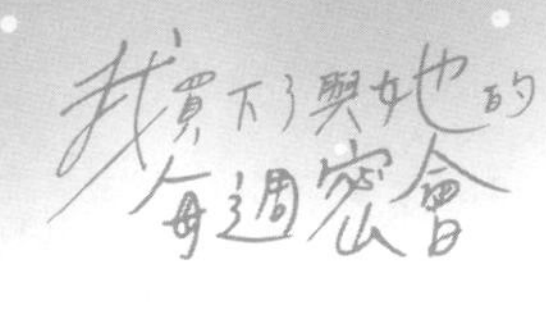

「該怎麼辦才好呢？」

如果接下來的目的地是自己家那就好了。不管淋得多濕，只要沖個澡，換套衣服就沒事了。但我接下來必須去的地方是宮城家。雖然只要跟她說一聲，不管是浴室還是衣服她應該都會借我，可是我不想跟她借。畢竟她八成不會二話不說就借我，命令的內容感覺也會變得很不像話。

我稍微猶豫了一下之後，拿出了手機。

雨下太大了，我今天沒辦法過去。我打出這條訊息，但在傳出去前又刪掉了。傳訊息是宮城該做的事，不是我該做的。

沒人會說歡迎回來的家，和有態度冷淡，卻會端麥茶出來給我的宮城在的家。哪邊待起來比較舒服，不用想都知道。

我想被雨淋濕說不定只是無關緊要的小事。

我收起手機，決定等到了宮城家之後再去思考衣服的問題。我撐開傘，走出校舍玄關。如我所料，折傘根本派不上用場。用打翻整桶水來形容是太誇張了點，但是讓人不想走在外頭的大雨淋濕了我。

雨實在下得太大了。

儘管如此，我的雙腳還是沒朝著自己家前進。我加快腳步，走向會用領帶把我綁起來，

叫我舔她腳的宮城的家。我對聽從她命令這個規則沒什麼不滿，卻無法理解即使被大雨淋了一身濕，還要去找她的自己。

在看不清楚前方的滂沱大雨中，我逐漸接近宮城住的住宅大樓。

制服好冰。

雖然現在是七月，但穿著濕透的制服，依然會覺得夏天是非常遙遠的季節。

最近的我們正朝著不好的方向前進。

想回頭的話就要趁現在。

現在還來得及。

我心裡明明這麼想，雙腳卻不肯放慢速度。

等我回過神來，我已經收了傘，站在宮城住的住宅大樓大廳裡，機械性地按下門鈴。不高興的宮城打開了大廳的門鎖，我搭上電梯。濕透的制服上衣黏在身上，感覺很不舒服。我忍著沒嘆氣，在六樓出了電梯，走進宮城家之後，一道毫無起伏的聲音迎接我。

「妳沒帶傘嗎？」

「看就知道我有帶了吧？抱歉，不過妳可以借我一條毛巾嗎？」

「妳進來吧。我借妳衣服，妳去裡面換。」

宮城在玄關理所當然地說道。

「這樣會弄濕妳家走廊的喔？」

無論是誰來看都知道我渾身濕透了。我脫下鞋子往前走一步，就會在走廊上留下一個濕答答的腳印。走兩步就會有兩個。我應該會留下很多腳印，制服也會滴水。即使用毛巾擦過制服，說不定還是會弄濕走廊，但有擦總比沒擦好。

「沒關係。弄濕也只要擦乾就好了。」

宮城看著我，表情過度認真地說。

「不好啦。借我毛巾。」

「那我拿毛巾跟衣服過來，妳在這裡換衣服如何？」

「在這裡？」

「在這裡。反正這裡除了我之外沒其他人，也不會有人過來。而且就算用毛巾擦過，衣服也不會乾。仙台同學穿著制服進來的話，還是會弄濕走廊跟房間吧。」

她說得沒錯。

毛巾只不過是一種心理安慰。即使手腳只要擦一擦便能暫時解決問題，但濕透的制服就算用毛巾擦過也毫無幫助。跟她借了毛巾，我也頂多就是不會留下腳印而已。

這些事情我都明白，但我之所以不想照做，是因為她的話不全是對的。

這裡是宮城家的玄關，玄關不是脫衣服的地方。而且除了宮城之外沒有其他人，也不會

有人過來的這個家裡，有宮城在。在我眼前，有個正在看著我的宮城。

「我會先回房間」或是「我會先離開這裡」之類的……

既然要叫我在這裡換衣服，我覺得宮城應該補上這些話才對，她卻沒說，而且她看起來像是刻意不說那些話的。在我眼中看來，宮城很堅持「自己要待在這裡」，讓我不想照著她的話做。

「我沒有在玄關脫衣服的嗜好。」

宛如要否定宮城的話語，我如此表示。

「妳擔心會弄濕走廊的話，就在這裡脫啊。」

「借我毛巾。」

我清楚地告訴她我現在的期望。

宮城以前也解開過我的襯衫釦子好幾次，不過那不是我自己解開的，所以沒關係。可是今天不一樣。我得憑著自己的意志，解開襯衫的釦子，脫下制服才行。而且還是在宮城也在的這個地方。

明明不是命令，卻得在看起來很堅持要待在這裡的宮城面前脫下制服這件事，跟在學校換衣服不一樣。這會讓換衣服這件單純的事具有別的意義，於是我看著她，用眼神否定了她的意見。

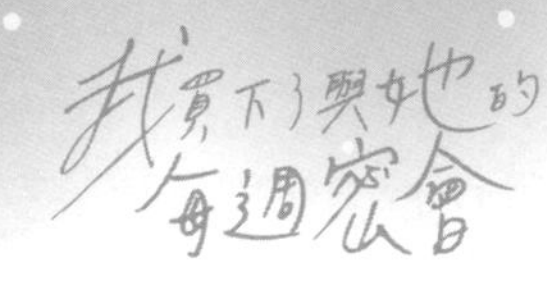

「我去拿過來，妳在這邊等我。」

不知道她是死心了還是有其他在意的事，宮城這樣說完後，就為了拿毛巾過來而走進她的房間。

「……制服，該怎麼辦才好呢？」

畢竟穿著很難過，我是很想換掉。

我知道自己其實該順從宮城要借我衣服的好意，就算她人在這裡，我也只要換衣服就好了。會介意要憑自己的意志主動脫衣服這件事反而比較奇怪。

要是沒下雨就好了。

如果是好天氣，宮城就不會叫我脫掉制服。我不會覺得又濕又冷的制服很不舒服，也不用試著去挖出藏在她話語背後的用意了。

「啊～真是的。」

我拿下綁在頭髮上的髮圈。

就算接吻，我們之間也沒出現多大的變化。雖然她舔了我的耳朵、用領帶綁住我，說什麼「因為仙台同學很下流」這種話，但也就只有這樣罷了。

只是這些事情單方面地累積在我這個人被命令的人身上，讓我的意識有一點點被牽著走。我明白，我太在意了，是我放大了那些不用在意也無所謂的事。

我持續想著這些去想也是白搭的事，這時宮城從房裡走了回來，隨著一聲「拿去」把浴巾遞給了我。

「謝謝。」

我道謝並接過她遞來的東西，擦拭頭髮。

「仙台同學，妳的制服怎麼辦？」

宮城直盯著我問。

看來她沒有不看我這個選擇。

「我用毛巾擦過就好了。」

「才不好。」

「宮城妳很不死心耶。」

「我借妳衣服穿，妳脫掉啦。」

「……妳就那麼想要我脫嗎？」

「沒錯。這樣下去妳會感冒。」

在被撐傘也沒用的大雨淋濕的情況下走到這裡。

濕掉的制服也沒脫下來。

我想就算我已經感冒了也不奇怪。

「妳不要動。」

宮城抓住我的手，靜靜地說。

她的視線緊黏在我濕透的制服襯衫上，不用說我也知道她想要做什麼。

「這是命令？」

我這樣一問，她理所當然地回我：「對，命令。」

接下來會發生的，八成是與換衣服相去甚遠的行為吧。

我覺得我應該要甩開宮城的手。

在玩尋找橡皮擦這個蠢遊戲的那天，我應該對宮城說了要把「不能脫我衣服」這條項目加進規則裡，所以我只要說這是違反規則的行為就好了。這樣一來我就可以無視「不要動」這條命令。

可是我沒有開口，宮城鬆開了抓著我的手。我重獲自由的手也沒有推開宮城，自然地垂下。我明明沒說可以，她的手卻解開我的領帶，然後解開了襯衫上我還沒解開的第二顆鈕子。

我有理由可以接受她的命令。

繼續穿著濕透的制服會感冒，所以要換衣服。

這沒有什麼不對，是正確的行為。

「我沒帶可以換穿的衣服過來。」

我看著沒從我身上別開視線的宮城，向她說道。

為了證明這是正確的，需要替換用的衣物。

脫下濕透的制服之後，我必須穿上乾衣服才行。

「我剛剛就說了，我的衣服借妳穿。」

宮城的手碰上我平常在這個家裡不會解開的第三顆釦子。

她臉上的表情看起來不是很開心。

這個狀況和這樣的她都不好玩。說是這樣說，被命令的我也無法抵抗。

宮城的手緩緩解開第三顆釦子，朝著第四顆釦子移動。

我很猶豫該不該提出不能脫我衣服這條新規則，但我想起了這條規則還處在模糊地帶的事。實際上我只有叫她加進規則裡，並未得到她的同意。所以我不阻止她的手也沒關係。脫掉濕透的制服是理所當然的事。我沒辦法在別人家的玄關脫掉制服，宮城只是在幫忙我而已，她是在做正確的行為。

這行為沒有哪裡不對。

在我確認行為的正當性時，宮城的手已經解開了所有釦子，打開了我的襯衫。她的視線仍看著我，緊黏在我被雨淋濕的身體上。

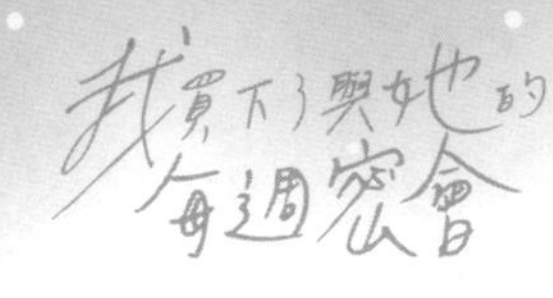

無所謂。

我跟宮城同班過，有在同一個地方換過衣服。雖然我沒有她以前穿著怎樣的內衣，或是身材怎麼樣的記憶，但有這樣的過去在，所以只是內衣被她看見也沒什麼大不了的。明明會去在意這件事還比較奇怪，我卻在尋找就算給她看也不要緊的理由。

今天的我腦袋不太正常。

可能是因為下雨了，也或許是因為宮城在看我。說不定是身體著涼了，讓我無法做出正確的判斷。

宮城的手碰上了我的內衣肩帶。

她順勢微微挪動了我的肩帶，讓我的身體瞬間僵住。

我覺得我應該要阻止她。可是她命令我不准動，所以我不能動，而且我不僅制服，連內衣都淋濕了，所以就算被她脫掉，我也無可奈何。

沒錯，這是無可奈何的事。

我吸了一小口氣後吐出。

但宮城的手沒有繼續挪動我的肩帶，也沒有脫下我的內衣，就這樣收回了。

「妳不抵抗嗎？」

宮城都做到這種地步了，還在說這種靠不住的話。

「是宮城妳命令我不准動的吧？」

「妳反抗一下如何？」

「妳如果打破我們的約定，我就會反抗。」

「原來這不算違反規則啊？」

「要不是我制服全濕，我就會揍妳了。」

下雨，制服濕了。

放著不管會感冒。

我有很好的理由不去遵從那條不確定到底有沒有追加上去的曖昧規則。

「表示這次是特例？」

「對。畢竟這樣穿著我會感冒。」

「但我還沒給妳五千圓。」

宮城真沒骨氣。明明是她下命令決定要做什麼的，她卻在尋找可以用來逃避的話語。

「妳打算不給我嗎？」

「等等給妳。」

聽完這猶如藉口的台詞後，宮城的掌心貼到了我的胸上。

好溫暖。

可是很奇怪。

宮城那隻溫暖了我的手明明是貼在我涼透了的身體外側，身體裡卻好熱，熱得像是她直接碰到了我的心臟一樣，讓我想逃離現場。但是我沒有挪動身體。我的身體宛如跟宮城的手緊黏在一起，動彈不得。只有心臟動得比平常更快。

「仙台同學好冰。」

宮城喃喃說道。

「因為我淋得一身濕啊。」

我回了句理所當然的話，盯著看著我的宮城。她彷彿沒注意到我的視線，用手摸了我的臉頰、嘴唇，又收了回去。

我們正在遠離所謂「正確的行為」。

脫掉濕透的制服這個行為，還可以套用這是為了避免我感冒的說詞。可是更進一步的行為就無法解釋了。宮城超乎必要地凝視著我，以及用手觸碰我的臉頰和嘴唇，這些都不是正確的行為。

宮城給我的理由消失了。

所以我覺得我必須阻止宮城，不應該接受她。我明明這樣想，卻因為宮城搖擺不定，害我也受到影響，跟她一樣搖擺不定，繼續容許她的行為。

如果是用領帶綁住我的手這種過分的命令，我就能開口抗議。假如她毫不猶豫地脫掉我的內衣，我也會說我才沒辦法陪她玩這些，早就回家了。

然而就因為她沒做這些事，反而曖昧地下了命令，遲疑地停下了手上的動作，我才會被她給牽著走。

現在也是，明明停下來就好了，我的手卻違背我的意志伸向宮城，撫上她的臉頰。

「宮城好溫暖喔。」

這是不正確的溫暖。我冰涼的身體應該要繼續讓它涼下去，這樣一來，我體內發燙的部分也會冷卻下來。我都知道，但我的手還是繼續觸碰著宮城，猶豫著該不該像她所做的那樣，撫過她的嘴唇。

宮城的手碰上、抓住我的手。

我被她一把拉了過去，她的臉近在咫尺。

我們四目相對，我大概知道她想做什麼。

若是我就這樣閉上眼，兩人的嘴唇便會碰在一起。

宮城又靠近了一點。

映在我眼中的她靠得太近，讓我看不清她的全身，但有一件事我很清楚。

宮城明明在家，卻穿著制服。

她總是這樣。

我沒看過宮城身上穿著制服以外的衣服。

我想在這個家裡看到不同於平常的她。

比方說跟我一樣，解開領帶，襯衫的釦子也全都解開了的宮城。

現在這個只有我被脫衣服的狀況太不公平了，所以她最好變得跟我一樣，腦海中浮現出這種愚蠢的念頭。

不知道是不是我不好的念頭傳達給她了，宮城鬆開我的手，往後退開，然後又打開了我的襯衫。

宮城呼出一小口氣。

她的唇碰上了我的胸口，用力地吸吮，我和宮城的體溫交融。雨似乎沖走了我的理性，讓我想再多碰觸溫暖的宮城，我抓住了她的肩膀。

——不行。

就在我這麼想，同時想把宮城的身體拉得更近的時候，她的唇從我身上離開了。

宮城的指尖碰上方才嘴唇觸碰的位置，輕柔地撫過後用力地按壓，那裡恐怕留下了跟她以前留在我手臂上一樣的紅色痕跡。而她正在用指尖確認那個痕跡。

我想宮城也知道，但這和她留在我手臂上的吻痕不同。就算痕跡消失，也會在心裡留下不會消失的汙漬。不只我，大概、一定也會留在宮城心裡。那汙漬會作為儘管有些模糊地帶，仍稱不上有遵守規則的這個行為所帶來的報應，持續殘留著。

宮城又把臉湊近過來。

嘴唇貼上我的肌膚，我在抓著她肩膀的手上施力。

「妳不是要脫我衣服嗎？」

宮城像是對我的聲音起了反應，抬起頭。

「因為我覺得痕跡不會留很久。」

她沒回答脫衣服這個問題。我該為此感到安心，實際上也鬆了一口氣，內心某處卻有些失望，我把因為思緒迷失方向而差點脫口而出的嘆息給吞了回去。

「這種的馬上就會消失了，無所謂。」

我這樣說完後，宮城一臉尷尬地離開我身旁。

「我去拿衣服過來。」

隨著微弱的聲音，宮城轉身背對我。

她的背影讓我想起了我在書店裡遇見宮城的那一天。

我在感覺好像會下雨的那天所看到的宮城的背影，雖然和今天的背影不同，但我在看到她背影的那天，得到了「宮城的房間」這個容身之處。

那我今天得到了什麼呢？

——還是別去思考比較好。

我用力抓緊了敞開的襯衫。

第8話 不是朋友的宮城做的事

和宮城玩了假扮朋友遊戲，跑去她家，跟她接了吻。

我昨天做的事情就這些，宮城給我的五千圓鈔票在存錢筒裡。五千圓是接吻的代價。而且以代價而言，五千圓太多了。

我不需要。

在接吻後我雖然這樣說了好幾次，宮城卻不肯退讓。她硬塞給我的五千圓鈔票讓存錢筒稍微變得重了一點點，我今天在沒有睡好的情況下，便來到了宮城家。

簡單來說就是因為睡眠不足，腦袋無法運轉。

雖然不到會想打瞌睡的程度，但我的眼皮好沉重，於是躺在宮城床上。閉上眼睛後，我卻在意起平常不在意的宮城的味道，本來應該很睏的腦袋清醒過來。

我真的覺得很煩。

睡不著的理由有很多。

就算把這些理由都說出來，也無法解決睡眠不足的問題，所以我不會一條條列出來，不

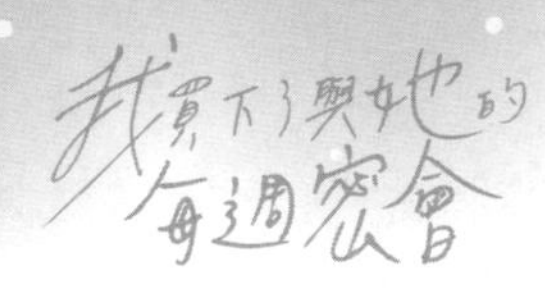

過大致統整起來就是宮城的錯。就連念書到一個段落，正在休息的現在，我也因為她而無法小憩片刻。由於房間的主人不在，我沒人可以抱怨，只能在床上翻身。

宮城現在應該在廚房，在空了的玻璃杯裡倒入汽水和麥茶。

自從我告訴她我討厭喝汽水後，宮城就像是只記得住一件事的傻瓜，每次都準備麥茶給我。她從沒問過我有沒有其他想喝的東西，或是我喜歡喝什麼。我們已經相處超過一年，到現在都還在一起，我是覺得她可以對我更感興趣一點吧？不過我也沒問過宮城這些事情，所以我跟她可能也是半斤八兩。

我緊閉雙眼，豎耳傾聽，可以聽見走廊上的腳步聲。

接著很快就傳來了開門聲，耳朵裡響起宮城無奈的嗓音。

「仙台同學，妳不要睡覺啦。」

「我醒著。」

我依然占據著她的床鋪回答，聽見應該是她將玻璃杯放到桌上時發出的硬物碰撞聲。

「妳眼睛沒張開啊。」

「我在休息，不張開眼睛也沒關係啦。」

我翻身背對著聲音傳來的方向，彎起身體。

「仙台同學，起來啦。」

聲音從比我想像得更近的位置傳來，一隻手輕輕地貼上我的臉頰。

我睜開眼，只見宮城坐在床前。

雖然昨天也是這樣，但是說我們當不成朋友的宮城會輕率地碰我。

明明總是一副心情不好的樣子，還這麼恣意妄為。

昨天的宮城好像看我很不順眼，打算拋下我就回家。也不管是她說要玩假扮朋友遊戲，我都在配合她，不想惹得她不高興。我到現在還是不知道我是哪裡做錯了。

以前宮城有對我說過我們不是朋友，可是她這次不僅對我說了類似我們往後也不可能成為朋友的話，甚至還說我很噁心。

這實在讓我不太高興。

她這個當事人看起來完全不在意也讓我很生氣。然而朋友這個詞太不適合我們了也是事實。

要我說是哪裡不適合，我也很難說。

氣氛、距離，感覺一切的一切都偏離了朋友。

朋友這個詞看起來就像是最接近又最遙遠的東西，沒有辦法完美地嵌入我們之間。沒有地方可以容納這片似乎太小，感覺又太大了的拼圖。

「習題還沒寫完。」

宮城靜靜地說，手從我的臉頰滑到了脖子上。在我說這樣會癢之前，停在了我的鎖骨上，用手掌輕輕地壓著那裡。

「妳先寫。」

「我有地方不懂啊。」

自己開口提了習題的事，宮城卻依然面向著我不動。該寫的習題在她身後的桌上。她看的方向不對。

我跟宮城如果沒在書店碰面，別說當朋友了，連話都說不上吧。我應該連像這樣被她碰的機會都沒有，就會畢業了。

她本來就不是會跟我成為朋友的類型。儘管如此，我原本還是覺得如果我跟她的關係能定調為朋友，那會是最好的結果。然而到了現在，我認為我們已經不可能迎來那樣的結果了。

我把手疊放在宮城放在我鎖骨上的手上。

「幹嘛？」

因為宮城用低沉的聲音這麼說，打算把手抽走，我用力握緊那隻手問她。

「妳現在有覺得心跳加速嗎？」

「……現在？」

「對，現在。」

「……現在是沒有。」

「現在沒有？」

「仙台同學妳呢？現在有覺得心跳加速嗎？」

「應該沒有吧。」

她在我身旁雖然會讓我意識到她的存在，但我現在並沒有心跳加速到會覺得心臟很吵的程度。順帶一提，我也不會想跟宮城手牽手走在街上。可是對於宮城的身邊成了我的容身之處這件事，我沒有任何不滿，也不覺得有哪裡不對勁。

我放開宮城的手，用指尖碰了碰她的嘴唇。

「妳今天也想要接吻嗎？」

我靜靜問她，她也靜靜地回答我。

「……我不能這樣想嗎？」

「這個嘛，誰知道呢？」

這是正確的。

這是不對的。

要是所有事情都能分到其中一邊就好了，但這世上有無法分類的東西。而存在於我和宮城之間的事物，絕對是無法分類的比較多。

無法漂亮地用顏色來劃分，帶著混濁色彩的回答過於曖昧，很不穩定。如果硬是去劃分感覺會壞掉，就此消失，讓我很害怕。既然這樣，比起去分類，放著不管還比較好。而且就算我回答「妳不能這樣想」，宮城也不會聽我的話。

「宮城。習題妳哪裡不會？我教妳。」

我爬起來，看向桌上。

教完宮城說她不會的問題之後，預習新學期的課程內容，今天該念的份就念完了。

我想著這些事情打算下床，宮城卻早我一步站起來，從書桌裡拿了某個東西出來。

「拿去。」

宮城沒好氣地說，拿了一張五千圓鈔票給我。

看來習題後面要怎麼寫似乎不重要了。我坐到床邊，看著宮城。

「我不需要。」

「妳收下。」

「妳覺得只要給我錢就可以了對吧？」

「我覺得沒錯啊。」

宮城的話「既正確的又是錯誤的」，無法分類。

要維繫我們之間的關係的確需要五千圓。但是暑假不需要這五千圓。我已經用家教費的名義收她五千圓，再多就太多了。

「妳如果有想命令我的事情，就命令我啊。反正我最近也沒怎麼教妳念書，就當作家教費裡面包含了命令我的權力吧。」

說她已經不需要我費心了聽起來好像有點囂張，不過宮城對我說「這題我不會」的次數明顯減少了。她新學期的成績應該會變好。

「這個跟那個是兩回事，所以妳收下。」

宮城一副理所當然的樣子，把五千圓鈔票放在我的大腿上。

這張五千圓跟暑假前的五千圓不同。

照事情的走向來看，跟昨天的五千圓是同一種。

在命令後會發生的事情多半是接吻，只是接吻的話，我不需要這五千圓。直接包含在家教費裡，我在心情上會覺得比較輕鬆。我覺得她特地付的這五千圓，會讓沒什麼大不了的事變成大事。

「我不需要。」

我態度強硬地說完後，只見宮城眼神閃爍。

我看出她眼中的不安，大嘆了一口氣。

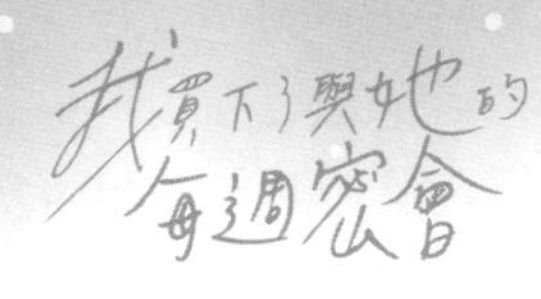

她八成是覺得她都做到這種地步了，不希望被我拒絕吧。

我把放在大腿上的五千圓對折再對折，先放到了床上。

「我收下了，妳命令我吧。」

我用不帶起伏的語氣說完後，宮城露出了安心的表情。

反正她也做不出什麼大不了的事。

明明會囂張地命令我，宮城卻有著膽小的一面。

「那麼……」

宮城這話像是命令的發語詞，她直盯著我看，然後過了一會兒，說出了「不要動」這個

我已經聽過好幾次的命令。

我就知道。

接下來會發生在我身上的事情，一定跟我預想的一樣。

「宮城。」我開口叫她，看著她。

已經到了該說是傍晚的時間，從窗外射進來的光線還是很亮。

看就知道太陽仍用接近中午的難受高溫照耀著城鎮。

「窗簾不用拉起來嗎？」

窗簾有沒有拉起來不過是小事，我不認為會有人盯著住宅大樓的某間房裡看。可是今天

我連這種小事都會在意。

「妳不要說話。」

宮城嫌麻煩地說，拉起窗簾，打開了房間裡的一盞燈，然後站到以床代替椅子坐著的我面前。

我必然得抬頭看著她，宮城伸手摸了我的頭髮。她用手梳了梳我沒編也沒綁的頭髮，接著一臉沒自信地把嘴唇湊了上來。

這就是她讓我搞不懂的地方。

之前明明理所當然地把臉湊過來，今天看起來卻很猶豫要不要靠近。明明硬是塞給我五千圓，做好了要接吻的準備，卻表現得優柔寡斷，像是第一次要接吻一樣，實在太奇怪了。

「妳閉上眼睛啦。」

我看著猶如在家門前徘徊的野貓，不敢一鼓作氣地吻我的宮城，她便粗魯地這麼說。見我即使如此仍沒閉上眼，宮城便用手掌遮住了我的眼睛。明亮的房間一下子變暗，柔軟的觸感落在嘴唇上。

跟昨天一樣。

有些乾燥的嘴唇輕輕碰上，接著就馬上和遮住我眼睛的手一起離開了。

嘴唇相觸的時間真的非常短暫，記憶中只留下了跟泡芙一樣輕飄飄的觸感。我和宮城已經接吻過好幾次了，她卻只會用這種輕觸即止的方式吻我。應該說我若是做了更進一步的事，她就會表現得很排斥。之前她就咬了我。然而她明明是這種態度，卻會用不滿足的表情看著我。現在也是。

「宮城。」

我叫了她的名字並伸出手，但在我碰到她之前，她就下了命令。

「妳就這樣坐著別動。」

宮城這麼說，坐到我身旁。不過就算她沒下這種命令，我也不會逃走。

「要我坐著是無所謂，妳要做什麼？」

她沒回答我的問題，但像是要取代回答一樣地摸了我的大腿。

早知道我就不要穿什麼短褲過來。

她輕輕移動的指尖令我後悔，要是我挑的是其他衣服就好了。

毫無滯礙地滑過我肌膚上的手，感覺不像有什麼更深的意圖。類似醫生在摸患者那種事務性的摸法。儘管如此，一旦被摸，我還是會很在意她的手。

大概介於不舒服和癢癢的之間。

我的大腦是這樣理解宮城的手所帶來的感覺。

她的手從大腿一路滑往膝蓋。

我抓住了宮城毫不客氣地繼續撫摸我的手。

「我應該有叫妳不要動吧？」

她壓抑著感情這麼說，甩開我的手。

「這樣很癢，我沒辦法。」

我告訴她我沒遵從命令的原因後，宮城皺起眉頭。

她一臉不滿地看了看我，摸上我的膝蓋。

果然還是有種好像不舒服，又好像癢癢的，但說不上究竟是哪一種的感覺，於是我抓住了宮城的手腕。她可能不高興我這麼做吧，宮城甩開我的手，一下子湊過來。拜此所賜，我連閉上眼睛都來不及，就感覺到了她的嘴唇。

她的手摟住了我的腰。

我身體一顫地閉上眼後，她貼上來的嘴唇觸感變得更為清晰。相連的部分熱得彷彿快要融化，讓人幾乎要失去理性。

先不提這種命令到底是好還是不好，我對接吻沒有意見。不過我覺得我不太喜歡被動地讓她吻我。

跟主動吻她的時候相比，讓她吻我時，我會變得更想碰宮城，有種自己在做壞事的感覺。雖然都一樣舒服，但總覺得心情靜不下來。

我用力握緊宮城的手臂後，她的嘴唇退開。我像是追過去似的把臉湊了過去，她卻用手掌摀住了我的嘴。

「仙台同學，妳不要擅自亂動啦。」

我把她的手用力剝下來，開口問她。

「我可以問妳一個問題嗎？」

「不行。」

「妳為什麼想要接吻？」

「我不是說了不行嗎？」

我無視立刻回答的宮城，直接問她。

她雖然用低沉的聲音回話，感覺沒打算要回答我，卻停頓了一下，又一副這種事情還用我說的樣子，小聲地補上一句。

「妳要是不想跟我接吻，逃開就好了啊。」

「宮城妳下了命令，所以我逃不掉。」

「那意思是妳不想接吻嗎？」

「妳覺得是這樣嗎？」

「是仙台同學妳說要提出問題前，得先回答問題的吧。」

她把我以前說過的話給搬了出來。

「那我回答妳。妳不要下命令，直接吻我看看啊。」

「意思是叫我自己去試，確認答案？」

「沒錯。」

我知道。

這種時候宮城絕對會逃避。

所以她不會吻我。

「晚餐妳做點什麼來吃吧。」

如我所料，宮城像是要轉移話題，小聲地說。

明知道答案還這樣，真是沒骨氣。

在做法式吐司的那天，宮城主動想接吻時我沒有逃開，那就是答案，我並不討厭和宮城接吻。

「不接吻了嗎？」

「我肚子餓了。」

「我是覺得要吃晚飯還太早了。」

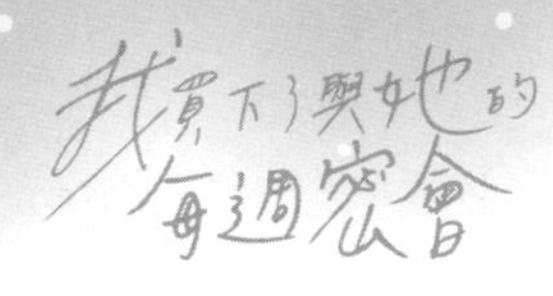

我試圖抓住一直在轉移話題的宮城，她卻猶如要逃離我似的站了起來。

「早點吃又沒關係。」

宮城斬釘截鐵地說完，走出房間。這樣一來我也只能跟在她身後走去廚房。接著我為了照她的話做晚餐而打開冰箱，確認裡面有些什麼。

「冰箱裡只有蛋耶。」

我對坐在吧台桌旁的宮城說。

「不是空的就好了吧？」

「應該說宮城妳平常到底都吃些什麼過活啊？」

「吃我晚上會拿出來給妳吃的那些東西。」

「……我想也是。」

畢竟我打開過好幾次的冰箱裡幾乎沒有任何食材，我也不覺得那只是巧合。我在這個家裡吃過晚餐再回去的日子，她拿出來的都是調理包或冷凍食品這種不用費功夫料理的東西。而且宮城不擅長下廚，也沒打算要精進廚藝。

儘管窺見了她稱不上健康的飲食生活，但到目前為止我也沒看過宮城身體狀況不好的樣子。我不知道她往後是否同樣能常保健康，不過這並非我該干涉的問題。雖然我是覺得要我偶爾做飯給她吃也不成問題，可是宮城很少像今天這樣希望我做飯。

我考慮到冰箱裡的食材和以前做過煎蛋捲這件事，從沒那麼多的選項中挑了蛋包飯。

我把平底鍋放到爐上，打開爐火加熱，再倒油進去。

我是覺得要是再有些配料就好了，然而沒有的東西我也變不出來，只能乖乖用從冰箱裡拿出來的番茄醬炒飯。

我用做法式吐司時用過的快死掉的奶油把雞蛋做成蛋包，放到番茄醬炒飯上。只是我好像把蛋包煎得太熟了，就算有模有樣地用菜刀劃開，蛋包也沒有漂亮地攤開。

算了，反正吃進肚子裡都一樣。

我對隔著吧台桌望著廚房的宮城說：「做好了喔。」之後，把盤子和湯匙端了過去。

儘管覺得現在吃晚餐太早了點，我還是在她身旁坐下。「我開動了」這句話的聲音重疊在一起，屋裡響起湯匙碰到盤子時發出的碰撞聲。我一口又一口地吃著蛋包飯，吃了約三分之一後看向身旁。

「是說宮城妳家一直都沒人在，妳父母都什麼時候回來？」

我小心不要涉入太深地試著問了一件我很在意的事。

「還沒回來。」

她很小聲地回了我一個有些答非所問的答案。

她至今為止都沒說，表示這是她不想被人問起的問題，於是我只回了句：「這樣啊。」

便結束了這個話題。

既然她不想回答，我也不想多加追問。

我只是有一點想知道，宮城害怕一個人在家，擔心可能會有什麼東西跑出來的夜晚要到幾時才會結束。

我用湯匙撈起失敗的蛋包飯。

我並不期待我那些許的好奇心會得到滿足。

我看著宮城默默吃著蛋包飯的樣子，將湯匙送入口中。

今年的暑假感覺比去年更短。

一週裡約一半的天數。

我想原因就出在我每週會去三次宮城的房間。

跟我和羽美奈她們共度的時間相比，我和宮城待在一起的時間更多。去年的這個時候我根本想不到會發生這種事。我不可能預想到，會有即使得改變在我第一次來宮城房間那天訂下的「假日不碰面」的約定，也要來她房間的未來存在。

第8話 不是朋友的宮城做的事

我闔上課本，說出在不知不覺間，已經成了我們共通暗號的話。

「要休息嗎？」

「嗯。」

宮城簡短回答後站了起來。

在我做了蛋包飯那天後過了將近兩週，我們就像是煞車壞了的腳踏車一樣，持續做著朋友不會做的行為。

「給妳。」

宮城拉上窗簾，拿了五千圓鈔票給我。

這不是我想主動收下的東西，然而不知從何時開始，收下這五千圓被加進了規則裡，所以我說了：「謝謝。」接過那五千圓。

我們沒辦法成為朋友。

我們不該兩個人一起去看電影，搞得我們不得不承認這個事實。當不成朋友，變成了不清楚究竟是什麼的關係這件事，成了我們觸碰彼此的免死金牌。

就算我們在這個房間做的事情變多了，念書這個已經加進暑假裡的行程依然存在。我們需要家教這個表面上的理由來改寫假日不碰面的約定，持續在念書。

我們也不是每次碰面都會做這種事。

不休息的日子就是不做這種事的日子。

休息的日子就是會做這種事的日子。

我們沒有說好，卻順水推舟地發展成這樣了。我們其中一方會說出暗號。

我把接過的五千圓鈔票收進錢包裡，在床鋪上坐下。宮城固定會坐的位置在我身旁，今天她也理所當然地坐到了我旁邊。

雖說是朋友不會做的行為，我們也沒做什麼誇張的事。僅止於雙唇相觸的吻，猶如在碰骨骼標本一樣稍微碰碰身體，這樣就結束了。而且都是由宮城主動，因為她說不行，我不能主動做這些事。

真的沒什麼大不了的。

我沒再穿短褲來這房間裡就是了。

「仙台同學，轉過來。」

我看著輕輕拉著我手臂的宮城，她又加了一句：「閉上眼睛。」我沒理由要反抗她，便乖乖地照她的話做。

世界變暗之後過了幾秒鐘——

柔軟的東西碰上我的嘴唇後又離開。

比起等待接吻的時間，接吻本身的時間更短。我睜開眼睛，聽到她不滿地說：「我沒說妳可以睜開眼睛。」又被她吻了一次。

儘管兩人雙唇交疊已經成了理所當然的事，然而我現在仍舊不知道宮城想接吻的原因。

「妳眼睛就這樣暫時閉著。」

這樣說完，宮城便猶如小狗或小貓湊上來嬉鬧那樣反覆地吻著我。

我越是覺得透過嘴唇傳來的體溫很舒服，就越是覺得我們在做不好的事情。我也不是想追求什麼純潔正派的關係，只是想到放在錢包裡的五千圓鈔票，便會覺得心裡蒙上一層陰霾。

即使如此，碰上我的嘴唇感覺還是很舒服。我抓住宮城的手臂。

她的嘴唇退開，我睜開眼睛。

我追上去似的拉著她的手臂，讓她的嘴唇接近我後，她別過頭去。可是我就這樣把嘴唇貼到宮城的臉頰上，結果腿被她踢了一腳。

「我已經說過好幾次，叫妳別多做些有的沒的了。還有，我沒說妳可以睜開眼睛了。」

「是這樣嗎？」

「對。」

宮城語氣強硬地說，瞪著我。

能下命令的權力在宮城手裡，我沒有那個權力。

「這種事情誰來做都行吧？又沒差。」

我放開宮城的手臂，隨口說道。

我並不樂意收下那五千圓，沒辦法老實地一直遵從宮城的命令。我數度違背她的命令，像這樣被她給瞪著。

「一點都不好。」

我聽到她開口否定我的說詞，語氣聽起來卻沒那麼不高興。

我想這種事情也包含在休息的範圍內。

這是打發時間的一環。

之所以會有不休息的日子，是因為宮城心裡也有罪惡感吧。

這種事只會發生在暑假期間。

下週就會結束了。

不管是暑假，還是這樣的行為。

等新學期開始，我們理應又會開始過著和第一學期一樣的日子。

現在是因為時間太多了，事情才會變得不對勁。我們只是不知道該怎麼跟不是朋友的對象，打發這段光是用來念書太過漫長的時間，

「仙台同學妳沒在反省吧？」

宮城看著我，喃喃說道。

「我有啊。」

「妳就會說謊。等我一下。」

宮城站起來，打開衣櫃。

她從裡頭翻翻找找地拿出什麼東西後，轉向我這邊。

「我要過去了，妳轉身背對我。」

說出這話的宮城手上拿著領帶，我知道接下來會發生什麼事。宮城手裡那條我熟悉的制服領帶，八成不會用在正確的用途上。

「妳等等要去學校？」

我沒轉身，開口問她。

「我不會沒事跑去學校，而且要用這個的不是我，是仙台同學。」

「原來下這種命令也行啊？」

在暑假前的五千圓，是宮城用來買下我放學後的時間，命令我的代價。可是她在看完電影之後開始會給我的那種五千圓，帶有不同的意義。命令後會發生的事可能是接吻，或是碰我的身體，我以為今天宮城也會用命令我的權力，來對我做那樣的事情。

「妳說這種是什麼意思？」

「用領帶綁人的命令。」

「不管是哪種命令，都一樣是命令吧?既然知道我要做什麼了，妳就趕快轉過去。」

走回我身旁的宮城打了一下我的肩膀。

「妳沒打算換個使用方式嗎？」

「妳不喜歡領帶的話，我下次準備繩子怎麼樣？」

「那就免了。」

我們沒有嚴格訂定過命令可以包含哪些內容。

我雖然不想被她綁起來，還是坐在床上背對宮城，把手伸到背後。畢竟我收了五千圓，事到如今我也不認為自己能拒絕她。而且我要是繼續做無謂的抵抗，感覺她真的會去準備繩子。這不是什麼值得感激的事情，不過宮城在莫名其妙的地方下決定很果斷。

被她拿特地準備的繩子綁起來，這我可笑不出來。好像要開始搞什麼奇怪的色情玩法一樣，很討厭。而且宮城感覺會毫不猶豫地做出這種事，更是討厭。

「明明就不用做到這種程度吧？」

我向宮城搭話，她正在用領帶捆住我的手腕。

「因為仙台同學妳太不可信了。」

隨著這句話，我感覺到纏在手腕上的領帶被拉緊，捆住了我的手。可是宮城沒有說已經可以了，也沒叫我轉過去。

我在被她命令之前轉身面向她。

「我還沒說妳可以轉過來。」

宮城語調平板地說完後站起身，這次打開了五斗櫃，然後拿了一條薄毛巾過來，站在我面前。

「妳還想做什麼？」

「閉上眼睛比較好喔。」

宮城回了個答非所問的答案，拿手上的毛巾矇住了我的眼睛。我反射性地閉上眼睛，毛巾壓迫著眼球地纏繞上來。

「這也未免太過分了吧？」

為了不讓我亂做其他事情，所以剝奪我的自由。

這想法我個人是不樂見，不過可以理解。

我卻有點抗拒連視覺都落入宮城的掌控當中。

「誰教我不做到這種程度，仙台同學就不反省。」

「我有在反省了。」

「已經太遲了。」

宮城斬釘截鐵地說完，用力綁緊矇住我眼睛的毛巾。

「等一下，妳綁太緊了。」

我出聲抗議，毛巾稍微鬆開了一點。儘管如此，我還是無法睜開眼睛，依然什麼都看不到。

手腕被綁起來這還在我的預料範圍內，但我沒想到她會連我的眼睛都矇住。我雖然思考了一下這算不算犯規，但我不太確定。不過我知道，自己也只能接受現況。

「宮城，不要做什麼奇怪的事情喔。」

我為求保險起見地說。從身旁傳來她的聲音。

「我只會做跟平常一樣的事。」

宮城雖然說得很篤定，卻沒有什麼能證明她的話。一旦失去視覺，就會覺得什麼都不可靠，我無法信任應該跟剛才一樣站在我身旁的宮城。

「妳可以轉過來了。」

我把身體轉向聲音傳來的方向。

這雖然是廢話，但我看不見宮城。

因為看不見應該看得見的東西，害我突然覺得這個房間裡只剩下我一個人。我內心不安起來，想伸出手，卻只讓領帶更深地陷入手腕，無法動彈。

「宮城。」

沒人回應。

黑暗吞沒了本來只有要念書的暑假，也吞沒了應該在我身旁的宮城。

她一個人度過的夜晚也是這麼暗嗎？在我想著這種無關的事情時，應該是手的東西貼上我的脖子，我感覺到她的體溫。

知道宮城好像就坐在我旁邊，讓我莫名地安心。

在看不見一切的黑暗當中，體溫在我的脖子上爬行。

感覺不出有其他意圖的手事務性地往下移動到我的鎖骨處。

我以為她會做些不同於平常的事，然而就如同她本人所說的，她好像只打算做些跟平常一樣的事。就算捆住雙手、矇住眼睛，宮城做的事情依然沒變。我想她正和平常一樣地觸碰著我。

但我不覺得跟平常一樣。

因為我失去了視覺。

我想原因出在這裡。

宮城理應和平常一樣的手，感覺卻像是在吸取我體溫似的蠢動著。方才讓不安變成安心的手，帶給了我不屬於這其中任一邊的感覺。緩緩移動的溫度讓我覺得很癢，想要拍開宮城

的手，卻受到領帶的阻礙而沒辦法這麼做。

「宮城妳很變態耶。」

我像是要逃開爬上肌膚的溫度，呼出一口又細又長的氣。

綁住對方的手，矇住對方的眼睛。

居然對原本的同班同學做這種事情，我覺得宮城的癖好真的很奇特。雖然她之前就有綁過一次我的手，可是現在比那時候更不正常。

「妳安靜。」

我聽見她冷漠的聲音，手停在了我的鎖骨上。

「想要我安靜的話，宮城妳就說點什麼啊。」

「我不要。」

宮城冷淡地說道。

她真的很小氣。

說話又不會害她少塊肉，稍微動一下嘴也無所謂吧？一直不說話我反而靜不下來。

然而宮城不肯開口。

她就這樣沉默地讓手滑動著。

我隔著布料感覺到她的體溫。

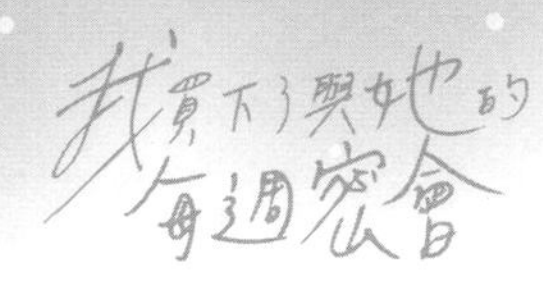

她把手放在鎖骨下方，心臟上方一帶的位置。

除了付我五千圓，下達會導向接吻的命令這個不道德的行為之外，宮城是個守規矩的人。接吻也只是輕輕碰一下，只會撫摸我的身體表面。而且每次都馬上就結束了，時間短到感覺根本不值五千圓。

我以為今天也會是這樣。

宮城卻沒有停手。

像是嘴唇的東西碰上我的臉頰。

放在我心臟上的手緩緩移動，撫上我的肩頭。臉頰表面感覺到的溫度離開，這次換脖子感覺到了溫熱的氣息。

接著馬上就有什麼柔軟的東西貼上了我的脖子。

好幾次、好幾次、好幾次。

脖子隨著小小的聲響不斷被她吻上，我的意識集中到那裡。與其說舒服，更像是有蒲公英的種子黏在那裡一樣，感覺癢癢的。只有宮城觸碰的地方令人在意，逐漸發燙。好像她正在對我做什麼特別的事一樣，讓人無法保持平靜。

因為眼睛被毛巾給矇住，被迫失去光明，讓我的感覺變得更為敏銳。

她帶來的感覺比平常強烈了好幾倍，我簡直無法承受那些至今為止我都接受了的事情。

我就算想推開宮城也無法推她，只能讓獲得自由的唇代替失去自由的手發聲。

「宮城，妳夠了喔。」

她似乎沒打算要回答，溫度仍未離開我的脖子。

我想說既然這樣，朝應該是宮城的腿所在的位置踢了一腳後，一直反覆吻我的唇終於離開了。

「好痛。」

也不管我只是輕輕踢而已，宮城誇張地說道。

「妳打算做到什麼時候？」

「我沒必要回答妳。」

隨著她冷淡的語氣，一股溫度貼上了我的脖子。

從那股溫度的尺寸和柔軟度來判斷，我知道那是她的手。

指尖撫摸著我的下顎，四處摸索，猶如在尋找我的血管。

我有點想看她現在是什麼表情。

我碰她的時候，宮城曾露出過難以言喻的表情。最近次數雖然變少了，但我很在意現在她臉上是不是也掛著那樣的表情。

然而我一方面也覺得，可以的話我不想看到她那樣的表情。

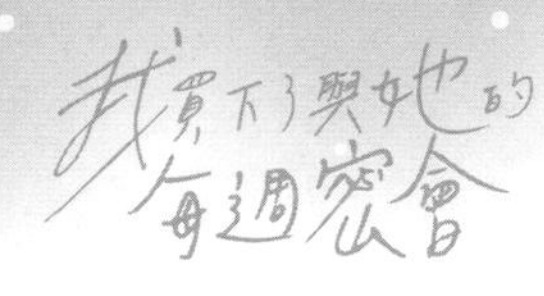

我差點冒出眼睛被矇住或許也是件好事的念頭，但我馬上就後悔了。

宮城的嘴唇碰上我的臉頰，手撫過耳朵，輕柔地滑過我的肌膚。

比起她的表情，我又開始在意起她的嘴唇跟手指。

她明明用很單純，沒有其他意圖的方式摸我，手和嘴唇卻比剛才更給我一種癢癢的感覺。我雖然試著動了動被領帶綁住的手腕，想制止宮城的手，可是解不開束縛著我的布條。

宮城的手彷彿在測試我的理性，持續移動著。

從脖子到肩膀。

撫摸我的手臂，爬上我的腰。

爬到身上的手往下來到大腿，隔著布料繼續撫摸著我。

介於不舒服和癢癢的之間。

宮城的手帶給我的感覺就像這樣，之前也都一直是這樣。然而不知不覺間，一股不應出現的感覺開始企圖闖入這兩者之間，我嚴肅地對不肯停手的宮城說道。

「宮城，住手。」

這絕對不妙。

就算她摸我的方式就像是事務性動作，我也覺得不能再讓她繼續這樣摸下去，宮城卻似乎沒打算要停手，繼續撫摸著我。

「已經夠了吧？妳有說不會做奇怪的事，妳忘了嗎？」

「這不是奇怪的事，我做的事情跟平常一樣啊？」

「妳在做奇怪的事。」

「我沒有。」

宮城如此斷言。

她所做的事情的確跟平常一樣。只是我們對「奇怪的事」定義不同而已。但我不打算跟她討論「奇怪的事」的定義，也沒辦法說出我會拜託她停手的理由。

「那我換個說法，妳再做下去就違反規則了，這樣妳懂了嗎？」

我這樣問她後，宮城停下了手上的動作。

「我又沒脫妳衣服，只是摸妳而已耶？」

「是沒錯，但還是違反規則了。妳再繼續下去我真的會生氣喔。」

我們的規則不只有不能脫衣服。

我們也說好了不能施暴、不能上床。

我雖然會聽她的命令，但我不是來賣身的。

所以她再繼續下去，就違反規則了。

「妳根本就已經生氣了啊。」

「妳這樣想的話就快點住手。」

我知道她現在做得一副理所當然的行為，最後會導向什麼結果。而宮城自己也知道吧。既然我們雙方都知道接下來會發生什麼事，我們就不該走到那一步。雖然我進入暑假後，也做過脫宮城的衣服或是吻她這種不把規則當一回事的行為，但我認為還是該守住最後的堡壘。

「那就到這裡。」

宮城這麼說，抓住我的肩膀。

妳這不是還在碰我嗎？

在我開口抗議之前，柔軟的東西碰上我的脖子。在我意識到那是嘴唇的同時，她輕輕咬了我一下，接著立刻就退開了。可是領帶跟毛巾都沒解開。我的身體依然沒能重獲自由。

「既然結束了，就幫我解開啊。」

「轉過去背對我。」

我照著宮城的話做，她解開了綁著我手腕的領帶。

「剩下的妳自己解開吧。」

我聽見她冷淡的說話聲。宮城的氣息離我遠去。

我自己解開了矇住眼睛的毛巾，伸手去拿桌上的麥茶，然後重新坐回床邊，對著背對

第8話 不是朋友的宮城做的事

我，正在把領帶收回衣櫃裡的宮城開口抱怨。

「宮城妳這變態，色胚。」

「仙台同學妳很吵耶。」

「那要怪宮城妳做了奇怪的事。」

「我沒有。仙台同學妳才奇怪。」

宮城語帶不滿地說，坐到桌前。

我把毛巾丟向她，大聲宣言。

「以後不准再做這種事了。」

「這種事是什麼事？」

「綁住我或是矇住我的眼睛。」

「妳又擅自新增規則。」

「這不是規則，但是禁止妳再這麼做。」

「既然不是規則，那我就算做了也沒關係吧？」

我不知道她是不是認真地想再做同樣的事，卻覺得如果是宮城，她很有可能會這麼做，害得我眼前一黑。

這可一點都不好玩。

要是之後再發生好幾次類似今天這樣的事，那就頭痛了。

「有關係。」

我清楚地告訴她，一口氣喝光麥茶。

暑假就快結束了。

所剩無幾的假期應該要風平浪靜地劃下句點，我也是這麼打算的。

如果只是休息一下，那倒無所謂就是了。

第9話 和仙台同學做這種事也無所謂

我倒不是有什麼要做的事。

我沒有該去，也沒有想去的地方，不過舞香用暑假最後的週日為由，約了我出門。

我們四處閒晃，逛了幾家店，反覆爭論著一些講來講去也沒有結論的事情，到上了高中之後來過好幾次的咖啡廳，聊些無聊事。

是個沒有什麼事值得一提的週日。

舞香手裡的刀叉發出碰撞聲，在我的眼前切著鬆餅，和去年沒什麼差別的暑假讓我鬆了一口氣。我只要獨處，腦子裡就盡是想著仙台同學，所以舞香來約我真是救了我一命。

「唉～明天暑假也要結束了啊。志緒理，妳作業寫完了嗎？」

舞香唉聲嘆氣，同時把鬆餅送進嘴裡。

「寫完了。」

「是成為考生之後改過自新了嗎？我記得妳去年一直到最後都還在趕著寫作業吧？」

「畢竟都三年級了，我想說還是稍微認真點吧。」

其實是因為仙台同學每週會來我家三次。

這種事又不能說，於是我說了個藉口，將楓糖漿淋在法式吐司上。

我吃了一口，法式吐司的表面明明很酥脆，裡面卻軟綿綿的，像布丁一樣軟。嚥下之後，楓糖漿不會過甜的味道殘留在口中。

「這麼說來，我也是第一次看到志緒理妳點法式吐司耶。妳一直做些稀奇的事情，地球會毀滅的喔。」

「妳說得太誇張了啦，我以前也有提前寫完作業過啊。而且不管是誰，都有可能會吃法式吐司吧？」

「是這樣沒錯啦，但妳之前不是有說過妳不太喜歡法式吐司嗎？」

「我發現到它的美味之處了。」

雖然沒有吃過，以前卻下意識地認定自己不會喜歡的法式吐司，其實是一種很合我胃口的食物。

我不想說這都是仙台同學的功勞，但法式吐司成了我覺得像這樣在店裡點來吃也不錯的食物。然而看著盤子上金黃色的吐司，也會喚醒與法式吐司相關的記憶。我把叉子刺進表面煎得有些焦痕的吐司。

泡過蛋液的吐司和仙台同學的嘴唇。

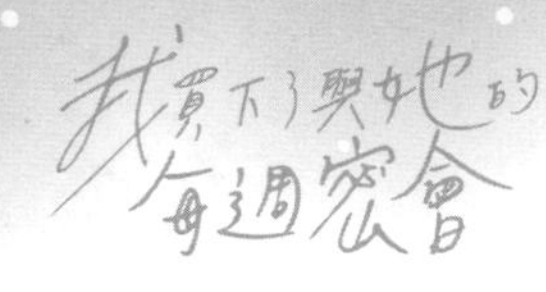

這兩者究竟是哪個比較軟？這種根本不重要的事情浮現在腦海中。總覺得吃起來應該很甜的法式吐司，混著我不可能感覺到的血的味道。

咬下的嘴唇很柔軟，流出了比我想像中更多的血。

那鮮紅的液體用手摸起來濕濕滑滑的，用力壓了傷口之後，仙台同學瞪了我。

連結著法式吐司的記憶太過鮮明，甚至讓我覺得仙台同學就在附近。

「我果然還是該點鬆餅才對。」

我看著放在對面的盤子，將法式吐司送入口中。

「那要不要跟我換一半？反正我也想吃法式吐司。」

「嗯。」

我點頭答應舞香的提議，拿法式吐司和她換了鬆餅後，她又說：「這很好喝耶，妳要喝一口嗎？」推薦了她的蘋果茶給我。我說：「先不用。」拒絕了她，吃了一口一樣柔軟，卻和法式吐司的口感跟味道都不一樣的鬆餅。

「對了，明天要不要也約出來碰面？畢竟是高中最後的暑假的最後一天，一起去做點什麼吧。」

舞香像是突然想起來地這麼說，把法式吐司吃進嘴裡。

「嗯～我有約了。」

「亞美也說要去約會，大家是不是太難約了點啊？」

「真要這樣說，舞香妳今年也幾乎都要去補習啊，比去年還難約吧？」

「那我也沒辦法啊。是說志緒理妳都做了些什麼？感覺妳今年很忙耶。」

「是沒有到很忙啦，只是家裡有些事。」

因為有些事的詳細內容幾乎全是仙台同學，我不希望她多問下去。可是舞香說了：「有些事是什麼事？」用催促我繼續說下去的眼神看我。

「有些事就是有些事。」

「很可疑喔～而且妳今年幾乎都沒跟我們說妳暑假過得怎樣。」

「才不可疑咧。」

我又吃了一口鬆餅，想要帶過這個話題。

不管是暑假還是寒假，要尋找長假期間有誰待在我身邊的記憶，都必須潛入很深的地方尋找才行。我就是如此地缺乏有人陪在我身邊的記憶。

然而今年暑假有將近一半的時間，我都跟仙台同學在一起。

那意思是比起家人和朋友，更常跟我在一起的人是她。說是這樣說，但我們幾乎所有的時間都在念書，沒有做什麼奇怪的事——本來應該是這樣的。

教人功課的一方跟受人指導的一方。

我們本來應該要守著這樣的立場度過暑假，也絲毫沒打算做不能告訴其他人的行為。

然而試著去回顧，我們卻度過了完全不同的暑假。

我們之間的關係正在急速崩解。

「咦～妳真的沒有什麼事情瞞著我嗎？」

「沒有那種事啦。」

我這樣告訴舞香，同時回想起我矇住仙台同學的眼睛，綁住她手腕的事。

我想那是暑假期間，我最沒辦法開口告訴其他人的事。

違反規則的行為。

我沒想要做那種事，事情卻好像變成了那樣。

我只是綁住她、矇住她的眼睛而已，只是因為想摸她所以摸了她而已，又不是心有邪念。應該沒有才對。我只是為了做些會在意她的目光而不敢做的事情，才會用上毛巾，領帶也是為了讓她不要妨礙我。而且我也只是比平常摸得稍微久了一點點，但我覺得自己可能做得太過火了。

雖說這之間也不算有什麼因果關係，不過下一次仙台同學來的時候，我們沒有休息。

「啊～我還想再放一個星期的假。」

聽見舞香彷彿絕望了的聲音，我看向她。

「真的延長一週，等到最後一天妳又會說想再放一週吧？」

「那當然。志緒理妳想再放個兩週嗎？」

「我不用放那麼久。暑假能照正常時間結束就好了。」

「既然志緒理不要，那給我好了。」

「好啊，都給舞香。」

「妳真大方耶……那相對地，妳想要什麼東西？」

「這又不是什麼交換條件。我只是不需要放更多的暑假了。」

「這話裡一定有鬼，妳絕對會事後才來跟我要些什麼。」

舞香開玩笑地說。

我是真的不需要更多的暑假了。

明天。

明天一結束，就要開學了。

我已經可以想見，要是暑假就這樣持續下去，我們一定會打破不能打破的規則。倘若事情演變成那樣，我一定沒辦法跟仙台同學繼續相處下去。

剩下一次。

只要能平安無事地度過那一次就好了。

我沒那麼聰明靈巧，能夠順利修復打破的規則，所以我應該努力不要去打破規則才對。

「反正暑假八成不會延長，我們今天接下來要做些什麼好呢？」

舞香一邊用叉子叉起法式吐司，一邊問我。

「嗯～」

我把仙台同學從腦袋裡面趕出去，提了幾個點子。

在那之後，我們做了幾件我提議的事，也做了一些不同於提議的事，然後各自回家。

回到家裡，吃晚餐。

我在洗完澡之後立刻鑽進被窩裡。閉上眼睛，不知不覺間失去了意識，在鬧鐘響之前醒來。我不算睡得很好，但也不至於睡不著，所以腦袋還算是清楚。

我穿上跟之前一樣的衣服，在一樣的時間吃午餐。看著我剛買回來的書，等仙台同學傳訊息來。還不到一個小時，我就收到了她傳來的訊息，門鈴響起。

不做跟平常不一樣的事。

我輕輕吐出一口氣後，開門讓仙台同學進來。

「太多了吧？」

我在玄關把暑假最後的五千圓拿給仙台同學，她開口抗議。

「不會。」

「這週只有今天這一次而已，不用給我啦。」

「就算只有一次，家教就是家教。妳不收的話就回去。」

我冷淡地說完後，仙台同學盯著那張五千圓鈔票。接著說了：「謝謝。」把五千圓收進錢包裡，走進房間。我去廚房端了汽水和麥茶進來，一如往常地放在桌上。

沒有什麼不同。

跟平常一樣。

坐到仙台同學旁邊，打開課本和習題也一樣。

沒有做什麼不一樣的事。

今天結束後，我們就不會像這樣一起度過不是放學後的時間了。這麼一想，我使覺得有些寂寞了起來。

我看著仙台同學。

覺得她的頭髮很礙事。

她今天的頭髮沒編也沒綁，整頭放了下來，所以我不太知道她究竟是用怎樣的表情在過

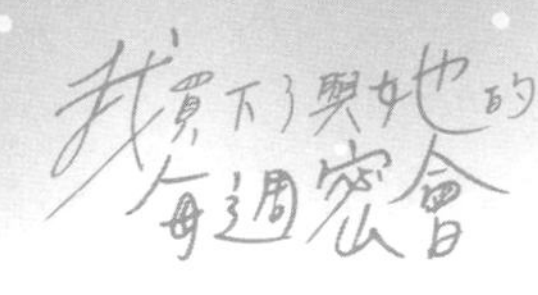

這暑假的最後一天。要說我有什麼知道的事，只有她很認真地看著課本。無聊。

我想看仙台同學的臉而伸出手。可是在我碰到她礙事的頭髮之前，仙台同學就轉頭用狐疑的表情看著我。

「別看我這邊，認真念書啦。」

她這麼說，用筆戳了戳我的眉間。

額頭附近癢癢的，我反射性地把她的手連著筆一起推了回去。

我付了她五千圓。

然而對於我現在想做的事情，我還沒有付那五千圓，所以不該做那種事，而且最好別再做了。

我明明知道，卻還是碰了仙台同學。

一點點，真的只有一點點，把臉朝她湊了過去。

我的嘴唇當然也跟著湊近，可是在我碰到她之前，她就用筆敲了我的額頭。

「宮城，我覺得現在要休息還太早了，但妳想要休息了嗎？」

她問我的語氣很平靜，聲音不帶高低起伏。

從她的表情上也看不出情緒。

我沒有要休息。

我覺得不能那麼做。

我明明這麼想，卻答不出「我沒有要休息」。

「宮城，明天就要開學了，先預習一下啦。」

仙台同學用筆尖指著課本。

「……要五千圓的話，我等一下給妳。」

我沒打算要說的話脫口而出。

我不該給她五千圓，也不要跟她接吻比較好。當然，往後也一樣。而仙台同學也該拒絕我的要求，她應該會拒絕我。考慮到未來，我們必須平安無事地度過今天才行。

我把自己也心知肚明的事情一條條列出來，想要說服自己，內心卻又有某個我想要否定這一切。

「妳以為等等給我，我就會放過妳？」

仙台同學這麼說完後，把筆放在桌上。

「妳要是覺得現在給妳比較好，我就現在給。」

我的身體照著順暢地說出口的話動了起來。

但在我打算起身時，仙台同學拉住了我的手。

「不管是等等給還是現在給，都已經太遲了。」

她為什麼說已經太遲了？

我想說出口的話被柔軟的唇給堵住。那是在我完全沒想到的時機發生的吻，「噗通」，我的腦袋裡響起了心跳聲。

為什麼？

一個疑問浮現在腦海當中，在還沒消失前，她的嘴唇便離開了。

「我沒有下這種命令。」

我嘴裡說著並非我原先想問的話，看著仙台同學。

「我知道。」

「既然知道，就不要擅自做這種事。」

「那是命令？」

「是命令。」

「是喔？可是我沒收到五千圓，所以宮城不能命令我。」

「所以我就說，我給——」

「我剛剛就說已經太遲了吧？」

仙台同學的聲音打斷了我說到一半的話，她還抓著我手臂的手指加重了力道。我的手臂好痛。我本想出聲抗議，仙台同學卻先開口了。

「宮城妳最好再多思考一下自己在做什麼事。」

我沒有時間去思考她這話是什麼意思。

原本存在於我和仙台同學之間的距離被她拉近為零，雙唇交疊。她用力地靠上來，我的身體往後傾。我不是被她推倒的，也沒打算自己躺下去，然而等我回過神來，我的背已經貼著地板了。

「妳可別咬我喔。」

在我的視線前方，仙台同學用異常認真的表情這麼說。

她一把臉湊近，我馬上便知道她這句話表示的是什麼意思了。

在嘴唇相觸之前，她的長髮就先碰到了我的脖子和臉頰，搔得我癢癢的。

我伸出手，把遮住視線的頭髮撩到仙台同學的耳後。在我閉上眼睛之前，我們的嘴唇便重合在一起，立刻有個跟嘴唇有著不同柔軟觸感的東西碰了上來。我不用確認就知道那是她的舌尖，那撬開了我的唇，鑽進口腔裡。

不懂客氣為何物的舌頭在我的嘴裡滑動。

有著合適軟硬度的那個東西觸碰我的舌頭，濕滑的感覺彷彿被放大，傳到了腦內。我可以明確感覺到仙台同學身體的一部分就在我的體內，儘管不覺得噁心，但也不覺得舒服。

如果是以前，我應該會毫不猶豫地咬下她亂動的舌頭，仙台同學的話卻成了制止我的安全裝置，讓我無法咬她。

我覺得喘不過氣，抓住仙台同學的衣服後，她的嘴唇退開。

「我覺得不能做這種事。」

我像是要她遠離我似的推著她的肩膀，用微弱的聲音說著。

「我也這麼覺得。」

仙台同學沒有說「妳明明沒反抗還說這種話」。相對地，她的臉又湊近過來。見到她和說出的話完全不同的行動，我比剛才更大聲地說了。

「仙台同學。」

「這種時候叫我葉月啦。志緒理。」

「我不會那樣叫妳，妳也不要這樣叫我。」

「宮城妳真的很小氣耶。」

仙台同學夾雜著嘆息聲說道，然後又理所當然地把臉湊了上來。

「……妳還要繼續？」

我沒說不行，反而拋了句曖昧不清的話給她。

「都是因為宮城妳想做那種事。」

「那種事是什麼事？」

我明知故問。

「妳剛才不是想接吻嗎？」

仙台同學用指尖撫摸我的嘴唇。

在我們之間有個不能踏入的領域。那原本有條非常清楚明白的界線，卻在邁入暑假後變得非常模糊不清。而我們現在正要踏進那個領域。

「宮城。」

她用認真到如果是平常，我可能會笑出來的語氣叫我。

她沒有明說要做那種事。

不過我知道接下來要做那種事。

仙台同學的臉逐漸靠近，再度給了我一個深吻。

我們的舌頭猶如視線交會般交纏、重疊。比過去更能感覺到仙台同學輪廓的吻，比剛才還要舒服。

十秒？二十秒？

還是過了一分鐘？

在我搞不清楚過了多久的情況下，她的唇離開我的，我也主動回吻她。

我對這個沒有五千圓介入的吻不抱任何疑問。明明應該要感到奇怪，卻自然得令人驚訝，彷彿嘴唇交疊是件理所當然的事。

我揪緊仙台同學的衣服。

我用力把嘴唇抵上去，再慢慢退開。

我睜開閉著的眼睛，只見仙台同學的呼吸變得很急促，我的呼吸也一樣很不規律。就算想調整也沒辦法調整好。我想仙台同學也一樣吧。

「我的背好痛。」

我放開抓著的衣服說道，藉此掩飾變得短促的呼吸。

「這點小事妳忍耐一下。」

我雖然覺得她這話很過分，但仙台同學說得沒錯。

要是去床上，我們說不定就會改變心意。我們跟這種行為就是如此地無緣。

我想，想回頭的話就是現在了。

只要推開仙台同學的肩膀，坐起來，看看課本，就能當作這一切沒發生過。

暑假的最後一天。

八月三十一日感覺是會一直殘留在記憶裡的日子，不適合做這樣的事。

我想今天這個日子一定會被貼上標籤，猶如紀念日般地殘留在我的腦袋裡。

這我都知道。

可是既然這是許多偶然重疊在一起，從我的一時興起開始的關係，那我想應該也可以基於偶然和一時興起，做這樣的事情吧——一定、大概……可以吧。

仙台同學的嘴唇碰上我的脖子。

嘴唇抵上來，輕輕地咬著。

她的唇明明以前也碰過一樣的地方，感覺卻不一樣。

我渾身一顫，想要逃跑，但又想更接近她。

她的舌尖觸碰到我，讓我的意識集中在那一點上。脖子上傳來的濕滑感覺讓我無法冷靜。嘴唇宛如在我脖子上爬行似的移動，朝著鎖骨前進。並且不時輕咬或用力吸吮我的肌膚，彷彿在做確認。

開了空調的房間應該很涼爽，我卻覺得好熱。

每個行為都帶來鮮明的感覺，我能清楚感受到仙台同學正在觸碰哪裡。

她呼出的氣息和落下無數次的吻，讓我口中逸出至今從未發出過的聲音。那不是該讓仙台同學聽到的聲音，我連忙咬住嘴唇。

一瞬間，仙台同學的動作停了下來。

我抬起頭，與她四目相對。

我本以為她會對我說些什麼，但仙台同學什麼都沒說。她就這樣默默地掀起了我的T恤。

我的腰直接感受到了仙台同學的體溫。

我沒打算要直接用她的名字葉月來叫她，卻也不想阻止她差不多要往上移動的手。

原來真的有所謂的氣氛啊。

我一邊和仙台同學接吻，一邊茫然地想著。

例如比平常更生硬的聲音。

呼吸的方式。

不同於命令的吻。

些微的差異逐漸累積，讓人意識到我們現在在做的是特別的事。

她滑進T恤裡的手理所當然地融入我的身體。指尖從腰來到肋骨，緩緩地撫撐著胸部下緣。她的手使我的理性逐漸溶解，不再遲疑，將自己任由這雙手擺布。並像她一樣把手滑進襯衫裡，直接撫摸仙台同學的背。

「宮城，這樣很癢。」

仙台同學難得地用快承受不住的表情看著我。

「我也覺得癢啊。」

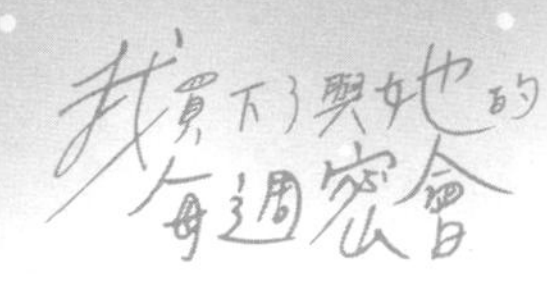

我們知道在越過這股搔癢感、越過令人渾身發毛的不舒服感覺之後，會有舒服的事情發生。

我讓指尖輕輕滑過她的背脊。一路往上摸到大約在背部中央的位置時，聽到仙台同學微弱的喘息聲，心臟一跳。

「妳那樣摸，很癢。」

仙台同學像是在掩飾地說著，接著將手放到了我的胸部上。

我的內衣還在身上。

明明還在，我卻有種她直接觸碰著我的感覺，臉頰發燙起來。

是小還是大。

我至今為止從沒在意過這種事，但我有點在意仙台同學是怎麼想的。不過就算看她的臉，我也只知道她的臉頰有點紅，無從得知她的想法。

她的手從肌膚上滑過，試圖鑽到我的背後。

我稍微抬起肩膀後，仙台同學的手便繞到了我的背後，然而在那隻手解開背扣之前，門鈴響了。

突如其來的發展，讓我們的呼吸和動作都停了下來。

仙台同學沒看向門鈴，看著我。

她沒說話。

在短暫的停頓後，門鈴又響了一次。

「……妳在意嗎？」

仙台同學問我。

「沒差。反正一定是推銷。」

「不用確認一下嗎？」

「那仙台同學妳確認啊。只要看一下監視螢幕，就知道是不是推銷了。」

她只要稍微轉個頭，看看監視螢幕，就能知道在樓下按門鈴的人是誰了。然而就像仙台同學看著我一樣，我也繼續看著仙台同學。

「不去應門一下不知道吧？哪邊我都無所謂喔。」

我馬上就聽懂仙台同學這句話的意思了。

要就這樣繼續下去，還是去應門。

她要讓我去做選擇。

平常不會一再響起的門鈴，今天卻執拗地響個沒完。

仙台同學說我遇到事情總是馬上就會逃避，但是仙台同學自己也老是在逃避做出選擇。

她每次都會把選擇權推到我身上。

想都不用想。

只要我站起來去應門，那就結束了。我不可能在跟按門鈴的人說完話之後，再回來說：

「那我們繼續吧。」

「宮城。」

聽到她平靜的聲音，我推了她的肩膀一把。

「仙台同學真沒骨氣。」

這麼說的我也跟仙台同學沒兩樣，不可能有什麼骨氣。我順著被門鈴喚回的理性坐起來。整理身上凌亂的衣服，按下應答的按鈕，讓響個不停的門鈴安靜下來。對講機傳來在一樓大廳那側的人說話的聲音，我聽了內容後，果然是無聊的推銷。

我深吸一口氣，再吐出來。

做了個簡單的深呼吸，轉身後，只見仙台同學背靠床鋪坐著，正在看漫畫。

「是推銷。」

「這樣啊。」

我只得到了冷淡的回應。

看到她沒轉頭看我這邊，我有點想看她的臉。

「仙台同學。」

「幹嘛？」

她雖然有回話，但視線依然朝下。

「沒事。」

看著不願面對我的仙台同學，我腦中想著還想再多觸碰她，也還想再被她觸碰這種事，在感覺不會再發生這種事情的午後，感到些許的後悔。

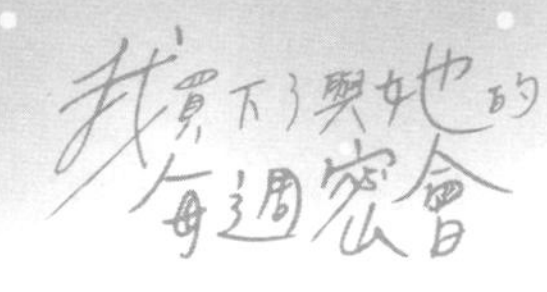

第10話　我今天也盡是想著宮城

尷尬。

我和宮城之間的氣氛只能用這個詞來形容了。

暑假的最後一天，我摸了至今為止沒摸過的地方，聽到她發出我從未聽過的聲音。說是這樣說，但我不過就是摸了她的胸部，也沒真的聽到多少聲音。

儘管如此……

儘管如此還是很尷尬。

明明只是攤開課本在寫作業而已，我們卻過著像是得看對方臉色行事的時間。

「說點什麼話啦。」

我把橡皮擦丟向始終保持沉默，不肯開口說話的宮城。

我在那之後第一次過來，房間裡的氣氛很怪，讓人坐立難安。

「仙台同學妳自己開口說話不就好了？」

宮城冷淡地說，把橡皮擦丟了回來。我拿起從對面一路滾過來的橡皮擦，擦掉我根本不想擦的字。

宮城今天刻意坐在我對面，而不是旁邊。

夏天並不會隨著暑假一起告終。

就算那天結束了，我們的夏天仍在繼續，就算步入九月，天氣依舊很熱。不管是昨天還是今天，冰棒都很好吃，也需要開冷氣。

不知該說是幸或不幸，這個房間現在維持著不至於會讓人開口抱怨的溫度。不會發生我以太熱為由要宮城脫衣服的事，我也不會脫下自己的衣服。當然，我既沒有碰宮城的身體，也沒有機會碰。

新學期開始都已經過好幾天了，我卻不知道是有什麼毛病，居然在想這種理所當然的事。

我今天沒有跟宮城做那種事。

也沒有發展出那樣的氣氛。

這也是當然的。

畢竟我們不是那種會上床的關係，根本不太會產生那樣的氣氛。

——那又是為什麼？

我不否認自己當時想做那種事，也不意外自己心中有那種欲望。性慾這種東西不管是誰都會有，我想宮城心裡一定也有吧。所以我覺得想做這件事情本身並不是什麼怪事。

該在意的是，我是對宮城產生了這種欲望。

「妳幹嘛看我這邊啊？」

宮城用比平常更冷淡的聲音說。

這話還伴隨著冰冷的視線，感覺實在不太好。因為她的語氣跟視線都像是刻意營造出來的，我知道這不是需要在意的事，卻仍有一定的重量壓在我的心上，讓我的情緒都要消沉起來了。

「我不能看妳嗎？」

我盡量用不帶起伏的語調問她。

「不能。」

「那我不看。」

我讓視線落到課本上。

幫我寫作業。

要是她下了這種命令，我還可以藉此轉移注意力，可是宮城自己在寫作業。我也一樣該寫作業，卻始終無法專注在一條條列在眼前的題目上。每當我回過神來，就會發現自己在反芻記憶中的宮城。

就算我能容許這樣的自己，也很難接受這個事實。

我完全沒料到，我會那麼清楚地意識到自己對宮城的欲望。

我的手上還殘留著宮城胸部的觸感。

我用力握緊右手。

我握到掌心會留下指甲痕的程度之後張開手，抬起頭，把橡皮擦丟到宮城那邊去。

「我果然還是想看。我可以看妳嗎？」

「妳不是已經在看了嗎？不如說妳幹嘛特地問這種事啊？」

「因為宮城妳叫我別看。」

「那種事情怎樣都好，仙台同學妳認真寫作業啦。」

「可以看妳的話，我就認真寫。」

橡皮擦沒被丟回來。

宮城一臉顯然很不高興的樣子。

「我剛剛已經說過不可以了吧？」

「妳沒說不可以，妳說不能。」

我特地糾正她。宮城皺起了眉頭，然後帶著一看就知道她在生悶氣的表情站起來，從書櫃上拿了一本漫畫過來。

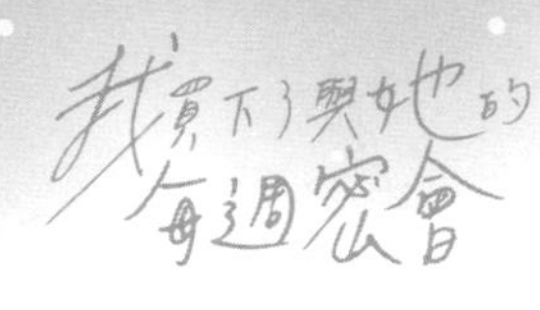

「妳要是不想寫作業，就拿這個去看。」

她把漫畫放到桌上。

「這是我昨天才買的，所以仙台同學還沒看過。」

看來她的意思是叫我要看就去看漫畫，別看她的臉。

我覺得會做出這種反應的宮城很可愛。

然而應該沒有會讓人產生性慾的要素才對。

宮城是個隨處可見的普通女孩，沒什麼特別之處。去年是同班的不起眼樸素女孩，現在是隔壁班的不起眼樸素女孩。不對，正確來說，她雖然不起眼又樸素，但是個比普通人更怪一點的女孩子。普通人才不會下舔腳這種命令，也不會咬人咬到流血的程度。

這樣一想她還真糟。

會對這種人產生性慾的我，腦子裡一定是少了兩、三根用來鎖住理性的螺絲。

我應該不會再有那種感覺了。

我雖然會想碰宮城，可是碰了也不會演變成那樣。我是這麼相信的。我不想去思考腦袋裡少了螺絲的原因，也沒必要知道。真要說起來，就算我想碰她，她也坐得離我異常地遠。

「妳不看嗎？」

宮城把橡皮擦丟了過來。

第10話 我今天也盡是想著宮城

「我下次來的時候看。」

「下次是什麼時候？」

「那要由宮城妳決定吧？」

「是沒錯。」宮城說完後闔上了課本，卻馬上又開始翻起課本，小聲地說了。

「……我以為仙台同學今天不會過來。」

她沒頭沒尾地拋出無視話題走向的一句話。

只有翻動課本的聲音在房裡響起又消失，像是要消除突然出現的短暫沉默。

「妳為什麼會這麼想？」

「因為做了那種事。」

「宮城妳才是，我還以為妳不會再叫我過來了。」

今天，宮城叫了我過來。

我很意外。

就算新學期開始了，宮城也不會聯絡我。

我原本是這樣想的。

「因為妳沒有打破約定。」

她闔上剛才一直在翻的課本。

仔細想想，那件事以未遂告終。我們沒做到最後，所以不算有打破不上床的約定吧。

「那妳不坐在我旁邊，坐在那裡的原因是？」

我不願放過今天初次成立的對話機會，問了她我在意的事情。

「因為仙台同學不值得信任。」

被她斬釘截鐵地這麼一說，我在心裡同意她的話。

對於我不值得信任這點，我無法反駁。可是宮城也沒拒絕我。我雖然很想這樣說，然而一旦說了，宮城八成又會沉默不語，所以我把這話給吞了回去。

「寫作業啦。」

宮城難得說了認真的話。但比起填滿筆記本的空白欄位，我的腦袋盡是想著宮城。我的眼睛只想映出她的身影，不肯看向課本。

我用手指轉了一圈筆。

宮城像是要把我趕出視線範圍外地打開課本，在筆記本上疾筆振書。因為她眼裡沒有我，專心盯著課本和筆記本，她當然沒有轉向我這邊。

我又轉了一次筆。

這次筆從我手指上掉了下來，發出喀啦的聲音。可是宮城依舊沒有抬頭。

「妳要寫作業的話，過來這邊啦。」

我敲了敲身旁空著的位子，叫宮城過來。

「我不要。」

宮城沒抬頭地回答我。

「那我過去妳那邊。」

「不行。」

「那是命令嗎？」

我反問之後，宮城抬起了頭。

「是命令。」

被她語氣強硬地這麼一說，我便無法移動了。

既然這是命令，那也沒辦法。我老實地放棄，看著課本。

我總是被命令這句話給拯救。我做過好幾次要宮城命令我，藉此把選擇權推給她的事。自己也拿命令當理由，垂頭喪氣地退下。實際上我就像宮城說的一樣，沒骨氣。

就像那時候我沒有勇氣決定性地改變我們兩人的關係，現在我也沒有即使忤逆宮城的話，也要去她身旁的勇氣。恐怕宮城也沒有勇氣到我旁邊來。所以今天才會有這段距離出現在我們之間。

「仙台同學，這裡我看不懂。」

「哪裡？」

我看向用冷漠的語氣叫我的宮城，她用筆尖指著攤開的課本。

「這裡。」

「我從這邊不方便看耶。」

我知道宮城指的地方是哪裡。

也知道那是怎樣的問題。

上頭寫滿數字的課本就算從反方向看也沒什麼大問題，卻能夠成為填滿身旁空位的契機。宮城卻默默地把課本轉向了我這邊。

「宮城真小氣。」

我一邊在與我無冤無仇的課本上塗鴉一邊抱怨後，塗鴉馬上就被擦掉了。

「我哪裡小氣？」

「就是這種地方很小氣。」

「不要說這種莫名其妙的話，快教我啦。」

「好好好。」

我態度隨便地回答她，看向課本。我在筆記本一角寫上公式，向她說明解題方法後，宮城帶著似懂非懂的表情，在紙上接連寫上數字。

那一天，要是就那樣繼續下去……

我在這幾天裡雖然想像過無數次，卻又覺得那是應該僅止於想像的事。

我是沒有「既然沒在交往，就不能做那種事」這種清純的想法，不過真的做到最後的話，我們就不會像這樣一起寫作業了。這樣一想，便覺得應該要好好誇獎前幾天沒做更多的自己。比起只有一次的肉體關係，像這樣在這個房間裡念書或是看漫畫，絕對比較開心。我這樣告訴自己。

「這樣對嗎？」

得出答案的宮城抬起頭。

「對。」

我看了寫在筆記本上的文字，這麼告訴她之後，她的視線又立刻落回課本上。

「所以說宮城，其他命令呢？」

我出聲問她，想把她的注意力從課本上扒下來，但她沒回話。帶著不高興的表情閉口不語。

我想像得到宮城不肯開口的理由。

倘若隨便下命令，等於是把暑假的事情又重新翻出來吧。她的命令原本只會要我朗讀小說、寫寫作業，做這種無傷大雅的事，卻在不知不覺間成了危險的東西，要是像平常那樣命

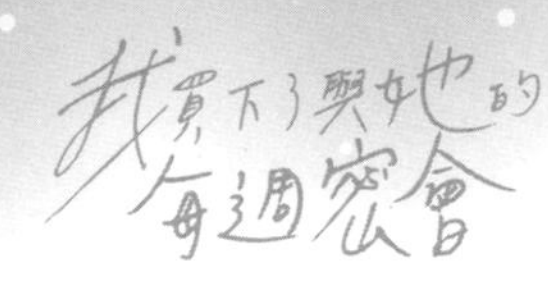

令我，聽起來就像是在要我繼續做暑假那件沒做完的事。說是這樣說，但只下了別過來這種程度的命令，不下點其他命令的話，五千圓便無處可去了。

不需要再給我五千圓了。

我也可以這麼說，但要是說了不需要，就會失去來這裡的理由，所以我不想說。

在我的視線前方，宮城翻著課本，彷彿在尋找該說出口的話，可是答案不可能會寫在課本上。她依然沒揚起視線，用低沉的聲音說了。

「寫完作業就回去。」

「妳真的要把這個當成命令？」

「真的。」

嘴上這樣說的宮城，那張臉上不管怎麼看都不像寫著「真的」。我們已經相處好一段時間了，所以我知道，宮城只是因為自己必須說點什麼才行，才說了很像有那麼一回事的話而已。

「下點別的命令啦。」

「為什麼仙台同學要命令我啊？」

「畢竟作業一下就寫完了。」

老師出的作業沒那麼多。不用一個小時就能寫完了，以我平常從這裡回去的時間來看，

算是很早就要回去了。

「妳真的要用剛剛那個當命令嗎？」

我大概料想得到宮城會下其他的命令，但還是加減問她一下。

「……幫我弄頭髮。」

宮城小小聲地說著。

「頭髮？」

「妳之前不是說妳會幫我弄頭髮嗎？」

之前——我之前說過的話。

我順著宮城的話追溯自己的記憶，馬上就找到了想找的東西。在五月接吻之後第一次碰面的那天，我在看為了羽美奈而買的雜誌時，說過這樣的話。

「妳想要我幫妳弄成怎樣的髮型？」

就算我記得自己對宮城說了什麼，記憶裡卻完全沒有刊登在那本雜誌上的女孩子的長相或是髮型。可能是因為我對為了配合羽美奈的話題而買的雜誌沒有興趣，不會把上頭的資訊長時間地留在我的記憶裡吧。

「只要不做什麼奇怪的事，怎樣都好。」

「什麼意思嘛。」

「總之妳弄得好看點就對了啦。」

她雖然丟了個很隨便的要求過來，本人卻一動也不動。

她依然坐在對面，看著我。

「宮城，妳過來這邊。」

我既然沒有超能力，手也不可能伸長，宮城要是不動，我就碰不到她的頭髮。這種事情她應該也很清楚才對，然而她卻沒有要站起來的意思。

「妳覺得這樣我有辦法碰到妳的頭髮嗎？」

由我過去宮城那邊也可以，可是我知道她一定不會給我好臉色看。

「宮城。」

我又再叫了她一次，這次她一臉心不甘情不願地站了起來，來到我旁邊，在離我稍遠的位置坐下。

可以不用那麼防備我吧？

我什麼都不會做好不好？我在心裡叨唸著，從書包裡拿出梳子。

「背轉過來。」

我稍微靠過去，拍了拍宮城的肩膀後，她嚇得身體一震。不過她還是老實地把背轉了過來，我摸著她長度稍微過肩的頭髮。這次她倒是沒有再嚇到了，但我從背影就能感覺得出她有多緊張。

好難下手。

宮城如同她所說的不信任我，她周遭的氣氛緊繃得不得了，連我都跟著緊張起來了。

「妳的頭髮很漂亮耶。」

我想說這樣或許能多少舒緩一下緊張的氣氛，用很老套的話來讚美她。說是這樣說，但我這也是實話，她的一頭黑髮輕柔飄逸，可以輕鬆地用手梳開。

可是宮城沒回話。

這也沒辦法，我只好默默地梳開她的頭髮。

我果然還是想不起雜誌上的女孩到底是什麼髮型，宮城的要求又很模糊，不夠明確。我放棄仰賴記憶，也放棄回應她的要求，撈起宮城的頭髮，開始編成不同的髮型。

「妳在綁辮子？」

挺直了背脊的宮城把半張臉轉向我這邊。

「對。換其他髮型比較好嗎？」

可愛的髮型要多少就有多少。

我也可以從手機裡存的圖片中尋找適合宮城的髮型，卻仍繼續把宮城的頭髮綁成辮子。

「什麼髮型都好……不過之前妳給我看的雜誌是更不一樣的髮型。」

宮城嘴上說什麼都好，聽起來卻不像是什麼都好的樣子。

「我會幫妳弄得很可愛啦。」

我不想說我已經不記得雜誌上的女孩是什麼髮型了。

因為綁成辮子，感覺可以摸宮城的頭髮摸比較久。

我更不想說我在想著這種事。

「不可愛也無所謂。」

宮城面朝前地回答我，然後又繼續說了：「我說啊……」

「什麼事？」

「我以後也會找仙台同學過來，命令妳。」

「我知道。」

「那到畢業前，我要是找妳，妳就像之前那樣過來。」

命令的期限第一次被明確地劃分出來。

我原本也覺得自己只會來這個房間直到畢業為止。我一直認為這樣剛剛好，但我試著把剩下的時間給實際說了出來。

「也就是還有大約半年的意思？」

「對。在那之前，仙台同學放學後的時間都有一部分是屬於我的。」

宮城理所當然地說完後，緊繃的氣氛稍微緩和了些，大概把緊緊貼在背上的緊張兩個字撕了三分之一下來。

我解開綁好的辮子，又重新綁一次。

宮城坐著，沒開口抱怨。

她輕柔飄逸的頭髮摸起來果然很舒服。

跟宮城床上的香味同樣的味道搔著我的鼻腔。我像是受到那個跟我、羽美奈或是跟麻理子她們都不一樣的洗髮精香味給吸引，更靠近了宮城一點。

「半年啊……真短呢。」

我喃喃自語似的吐出這句話。

指尖繼續綁著她的頭髮。

「是啊。」

宮城用不帶感情的聲音說道。

後記

非常感謝各位閱讀這本《我買下了與她的每週密會～以五千圓為藉口，共度兩人時光～》第二集。

本書是將網路連載小說的內容改寫、修正，並另外加上專為出版品版本撰寫的內容後，正式出版的產物。

雖然除了「第二集」之外，我用了跟第一集同樣的文章做開頭……但這是第二集，第二集！是讓人想出聲唸出來的詞彙呢。拜許多讀者們閱讀了第一集之賜，第二集才有機會發售。我非常開心。真的很高興。

這次也一樣由U35老師繪製可愛的宮城和仙台，還請到了みかみてれん老師撰寫書腰的推薦文案（註：此指日文版）。

那麼，關於幕間和番外篇，和第一集一樣，是因應出版計畫而增寫的內容（因為接下來會提及故事內容，還沒看的人請先跳過這一段）。

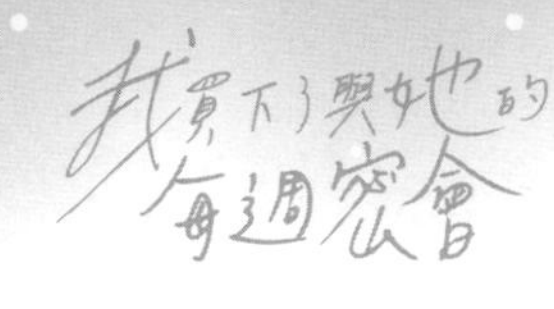

番外篇〈在仙台同學的放學後變成五千圓之前〉，是基於責任編輯「寫去換鈔的宮城的故事如何？」的提案應運而生。在開會討論的時候提到「去換鈔的宮城很可愛」，我也是這麼想並寫出番外篇的，結果變成了那樣的宮城——各位有覺得宮城可愛嗎？

幕間〈下雨天的宮城對我做的事〉，是我想要補足的第3話〈我不知道這樣的仙台同學〉的仙台視角。由於可以得知下雨那天仙台在想些什麼，希望各位能和宮城視角對照著來看。

除了新撰寫的內容外，還有改寫、修正，有許多要處理的事，連一刻都不得閒，不過在這樣忙碌的日子當中，有件非常令我高興的事。要說那是什麼事，那就是——

第一集再版！

第二個想讓人出聲唸出來的詞彙。

拜各位讀者們的支持所賜，第一集再版了。真的很感謝各位。在我收到樣書，看到版權頁的時候，實在是感動萬分。要再版的事是責任編輯透過電話通知我的，不過突然的來電加上手機上顯示著責任編輯的名字，我當時還想說「發生什麼事了嗎？」嚇了一大跳，這件事就是祕密了。

說到感動，我在第一集發售後造訪書店時也非常感動。

後記

我常去的書店有書！

呃，書店裡有書是理所當然的事，不過我是因為看到自己的書被陳列在書店裡而感動。那時候的我大概成了一個形跡可疑的危險人物吧？

寫著寫著，似乎也累積到了合適的頁數。

最後在此誠心地感謝閱讀了第二集的各位、在網路上鼓勵及支持我的各位、Ｕ３５老師、みかみてれん老師、責任編輯、在各個方面協助本作品出版的各位，真的非常非常地感謝您們。然後我還要感謝我的好友Ｎ。這次也承蒙你在各方面的協助。

那麼，希望能在第三集的後記與各位再見！

羽田宇佐

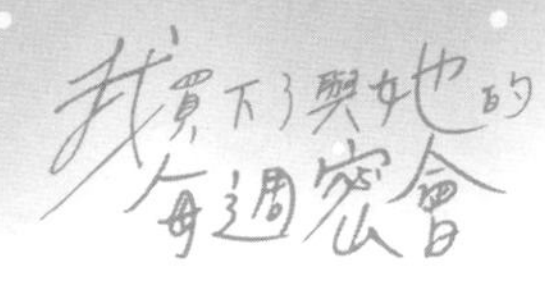

番外篇　在仙台同學的放學後變成五千圓之前

我很高興下午不用上課。

可是也有不滿上午有紀念活動要參加的學生，現在抓著我桌子的亞美便是其中之一。明明早上就已經結束活動，只剩下回家而已了，她卻依然站著，慷慨激昂地發表長篇大論。

「創校紀念日還要來學校，這根本是詐欺吧？我覺得明年直接改成放假比較好啦。」

她大力搖著我的桌子說：「妳也這樣想對吧？」徵求我的同意。我面對激動的亞美，陳述了被她遺忘的事實。

「就算明年改成放假，我們也已經畢業了，沒有意義啊。」

「啊，對喔。」

聽到亞美愣愣地出聲，舞香感慨地接著說。

「能在沒有例假日的六月放一天假是很令人高興，但畢業後才有假可放也沒用啊。」

兩位朋友來迎接悠哉地坐在位子上的我，但她們對創校紀念日的感想似乎有點落差，不像亞美那麼執著於放假的舞香想改變話題似的拍了一下手，看著我們。

「我等等有個地方想去，妳們有空嗎？」

「我是有空啦。」

我把視線移到舞香身上回答後，亞美也笑嘻嘻地說：「我也有空。」

「那陪我去買防曬乳吧。」

「好啊好啊，可以順便繞去書店嗎？我想買參考書。」

亞美那無謂地充滿活力的聲音，讓我想起自己有本在意的漫畫。舞香總說是夏季穿衣必備品的防曬乳先不提，那本漫畫感覺很有趣，所以能買的話我是想去買。

反正我有錢——

想到這裡，我忽然想起有個東西剩得不多了。

「對不起，我想起來我還有事。妳們兩個去吧。」

「咦～志緒理妳也一起來嘛。到剛剛都沒想起來的事情，就別管了啦。」

亞美大聲說道，舞香也接著說。

「妳說有事，是要去哪裡？」

「與其說要去哪裡，不如說我忘記我跟爸爸約好了要碰面。」

「咦？妳爸爸今天休假嗎？」

舞香驚訝地說。

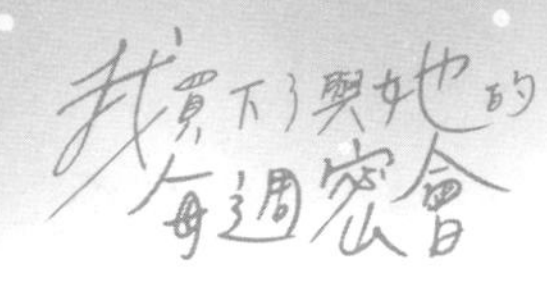

「啊～不是休假，是正好因為工作會到這附近來，他說有東西要順便拿給我。」

我跟爸爸其實沒有約，爸爸也沒有那種時間。這不過是藉口，我只是不想說我要做的事——去銀行。

要給仙台同學的五千圓紙鈔所剩無幾。因為我早就決定好，不能用五張千圓鈔，也不能拿一張萬圓鈔讓她找，要用一張五千圓紙鈔來買下她放學後的時間，所以我需要去換鈔。

老實說，我覺得換鈔很麻煩。

如果可以不用去，我也不想去。

然而五千圓紙鈔是種妳以為錢包裡有，錢包裡卻沒有的東西。對我來說是必須定期取得的鈔票。

「這樣啊。那就沒辦法了。」

舞香遺憾地說，亞美接著說了：「真想去看看志緒理的爸爸。」這不是我樂於聽到的發言，於是我委婉地拒絕了亞美。

「也沒什麼好看的。」

雖然我說跟爸爸約好了是藉口，但就算不是藉口，我爸爸也沒什麼值得給人看的地方。

「那我拿我存的壓歲錢來付參觀志緒理爸爸的費用。」

「什麼跟什麼啦？亞美，妳為了看志緒理的爸爸，打算付多少錢？」

「大概一千圓？」

「總覺得這金額很不上不下耶。」

舞香這樣說完後，亞美一副真沒想到妳會這樣說的樣子，接著說了。

「有一千圓不就可以買一本書了嗎？換成是我，可以拿到一千圓的話，要我給人看一個還是兩個爸爸都行，我什麼都願意做。」

亞美斬釘截鐵地說。我對她產生了疑問，開口問她。

「能拿到一千圓的話，妳真的什麼都願意做嗎？」

「……要看內容而定。」

看到亞美突然沒了氣勢，舞香笑了出來，可說是理所當然地吐槽她：「那就不算什麼都願意做了嘛。」

嗯，我想也是。

亞美很老實。對高中生來說，一千圓雖然算是不小的金額，但人是不會願意為了區區一千圓就任人使喚的。當然會有覺得可以去做跟不能去做的事。

可是，如果那不是一千圓的話呢？比方說——

「欸，亞美。如果我說要給妳五千圓，妳就什麼都願意做嗎？」

我看著亞美，向她提問。

比一千圓更重，又比一萬圓更輕。

假如是這樣的金額，她會怎麼做呢？

「這個嘛～」

亞美裝模作樣地說，清了清喉嚨，然後張開雙手斷言。

「志緒理會成為神。」

她這完全出乎我預料的答案讓我相當傻眼。似乎跟我一樣傻眼的舞香用受不了她的語氣說道。

「亞美的神會不會太廉價了啊？是說妳這樣根本不算有回答嘛。」

「又沒關係。再說五千圓很不上不下耶？想要人家什麼都願意做的話，說個一萬圓啊。反正只是假設嘛。」

「那十萬圓呢？」

金額因為亞美和舞香而變得越來越高。我的問題就這樣被她們越扯越遠，往奇怪的方向發展。等我意識到的時候，她們已經在討論自己想要的東西了。但五千圓的事仍盤據在我腦中。

就連拿來假設都被說不上不下的五千圓，以一張紙鈔來說也很不上不下，沒什麼存在感。就連會給我過多零用錢的爸爸也很少會放五千圓紙鈔給我，只有偶爾才會出現在我的錢

包裡。

所以我在書店遇到仙台同學的那一天，錢包裡有五千圓紙鈔是個巧合。

那天不知道為什麼我錢包裡有張五千圓紙鈔，所以我替仙台同學付了錢。

不過巧合不會長久持續下去。

自從我開始會給仙台同學五千圓後，我手上原有的幾張五千圓逐漸消失，很快就用光了。於是我除了利用買東西找回的錢累積五千圓紙鈔外，也特地去查了將一萬圓紙鈔或一千圓紙鈔換成五千圓紙鈔的方法，得知了換鈔機的存在。而且我也順便得知這東西意外地不方便，只能在午休時跑去銀行，或是像今天這樣，學校比較早放學的日子才有辦法用。

仙台同學給了我不知道也無所謂的知識，讓我為此煩心。

把碰巧來到我手裡的五千圓紙鈔裝進信封裡，只用累積起來的份叫她來說不定比較好，但我沒辦法這麼做。

「我差不多該走了。」

我拿著書包站起來。

「到半路上都一起走吧。」

舞香這麼說。我們三個一起走出了學校，走了大概五分鐘左右後，我和她們兩個道別，就這樣走去了銀行。

我用ＡＴＭ領了錢，排隊等著使用有不少人在排的換鈔機。過一會兒之後輪到了我，放入換鈔機裡的錢變成了五千圓紙鈔，回到我的手上，被我收進錢包裡。

一開始不太懂的操作，如今也很熟練了。

我可以毫無感慨地往返銀行。

不過我不時會想。

如果我在書店付的錢不是五千圓紙鈔，而是千圓鈔和零錢——

即使是仙台同學，也會跟亞美今天的答覆一樣，依據內容決定是否要聽從我的命令吧。說不定她根本就不會到我家來。假設是一萬圓紙鈔，我想仙台同學也不會來我家，會在學校硬把錢還給我。

假如事情變成那樣，我就不用把五千圓紙鈔收進信封裡，也不用換鈔了。

我走出銀行，傳了一如往常的訊息給仙台同學。

我沒等她回覆，就朝著家裡走去。

我沒有繞去書店。

故意在人行道的磚瓦裡挑顏色比較深的磚瓦來走。

書包裡傳來手機收到訊息的提示音。我拿出手機看著螢幕，看到仙台同學傳了訊息過來，知道我剛換回的五千圓紙鈔成了必要的東西。

今天我該下怎樣的命令才好呢？

五月和仙台同學接了吻，六月咬了她的耳朵。

在那之後我仍舊不知道要下什麼命令才好，就這樣找她過來，繼續過著六月。要說有什麼我明白的事情，只有我跟仙台同學需要五千圓。

我雖然不是仙台同學的神，但只要給她五千圓，她就會聽我的話。

五千圓是五張一千圓集合起來的產物，有一萬圓一半的價值。

儘管價值不會變得更高，也不會變得更低，用來買仙台同學放學後的時間卻剛剛好。只是那五千圓，一定要是「五千圓紙鈔」才行。

我加快了腳步。

不管要下怎樣的命令，我都得在仙台同學抵達前到家。

我到家後大約過了十五分鐘，門鈴響了。

我透過監視螢幕確認是仙台同學後，打開了大廳的門鎖。她很快就來到了玄關前，我打開大門。

「妳今天來得很早耶。」

我沒多想地說了無關緊要的話。

「我是覺得沒有特別早啦。」

仙台同學也說得無關緊要，脫下鞋子。我沒等她就走回了房間。仙台同學也馬上跟了進來，把書包放在床鋪附近，解開制服襯衫從上面數來的第二顆釦子。

「拿去。」

我把放在桌上，剛換回來的五千圓紙鈔拿給她。

「謝謝。」

仙台同學把那張鈔票收進錢包裡。

她表現得若無其事。

彷彿這是沒有意義的重複性行為。

五千圓的交易是我們今天約定的開端，也是我們一切的開端，但也沒有別的意思了。我明明這麼想，卻有一點點在意起從錢包裡消失的五千圓的下落。

世界啊，臣服在我的烈焰之下吧 1 待續

作者：すめらぎひよこ　插畫：Mika Pikazo、mocha

「你是壞人嗎？是的話就能放心燒掉了！」
最強爆焰少女來襲——把髒東西給燒毀吧！

睽違百年的魔王復活，惡人四處作亂。為導正動亂的人世，焰與同樣奇怪的女高中生們被召集到異世界，世界的命運被交至少女們手上——放火燒光才是正義！燒成灰燼教人狂喜！以壓倒性火力壓制世界的遺憾系美少女將會如何？最強爆焰少女的異世界喜劇！

NT$220/HK$73

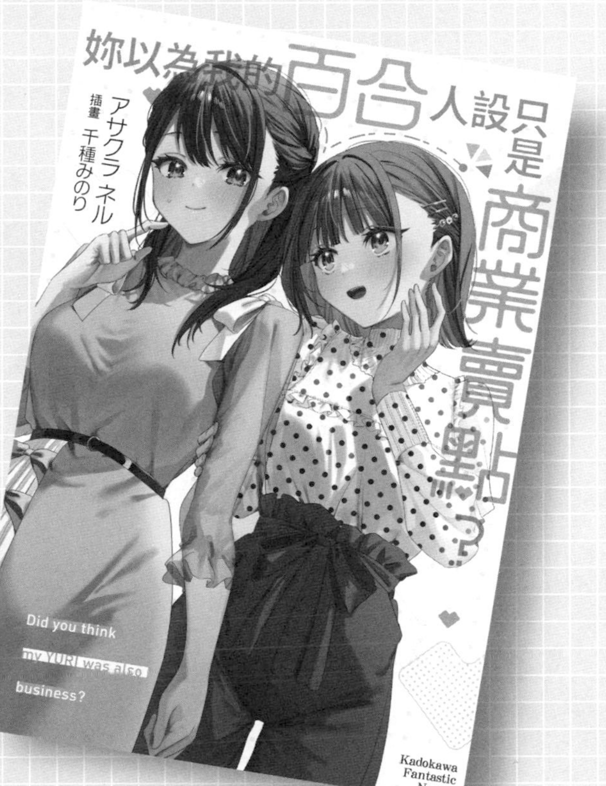

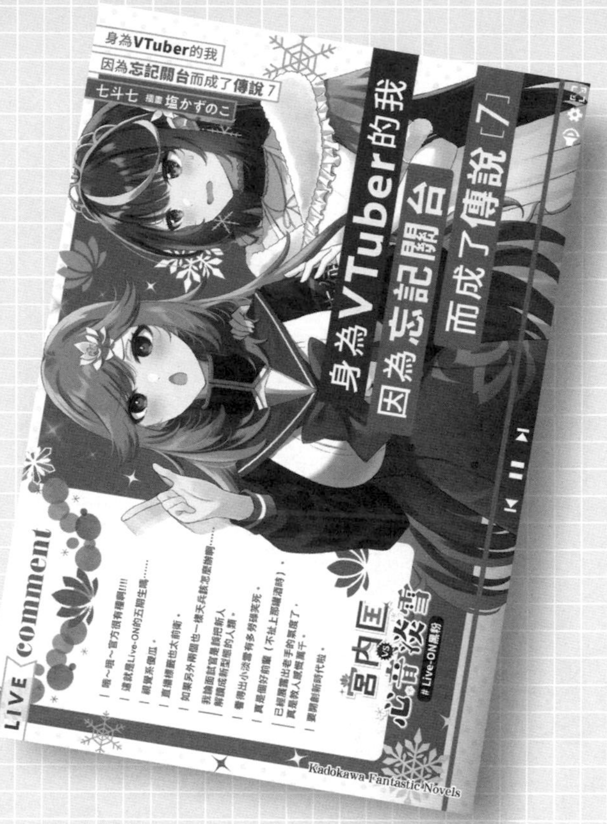

身為VTuber的我因為忘記關台而成了傳說 1~7 待續

作者：七斗七　插畫：塩かずのこ

衝擊的VTuber喜劇，
五期生終於登台的第七集！

順利參與星乃瑪娜的畢業直播後，淡雪迎接五期生出道！她們分別是「喜歡潔淨之物的Live-ON黑粉學生會長」、「應徵時只在履歷上寫了『短刀』作為名字的超級中二病小丫頭」、「負責科目為『愛』的外星人老師」，一開始就是熟悉的Live-ON風味——

各 **NT$200~220/HK$67~73**

終將成為妳
關於佐伯沙彌香
(3)
Bloom Into You: Regarding Saeki Sayaka
入間人間
原作・插畫 仲谷 鳰
Kadokawa Fantastic Novels

終將成為妳 關於佐伯沙彌香 1~3（完）

作者：入間人間　插畫：仲谷 鳰

睽違了多年的「相遇」——
沙彌香的戀愛故事完結篇。

小一歲的學妹枝元陽愛慕升上大學二年級的沙彌香。儘管沙彌香一開始警戒著積極地表達好意到甚至令人無法直視的陽，最終仍有如回應她的好意那般，開始摸索戀愛的形式，下定決心，要試著碰觸那星星看看……

各 **NT$200/HK$67**

國家圖書館出版品預行編目(CIP)資料

我買下了與她的每週密會 : 以五千圓為藉口,共度兩人時光/羽田宇佐作 ; Demi譯. -- 初版. -- 臺北市 : 臺灣角川股份有限公司, 2024.06-
冊 ; 公分
譯自 : 週に一度クラスメイトを買う話 : ふたりの時間、言い訳の五千円
ISBN 978-626-400-079-6(第2冊 : 平裝)

861.57 113004993

Kadokawa
Fantastic
Novels

我買下了與她的每週密會～以五千圓為藉口，共度兩人時光～ 2

（原著名：週に一度クラスメイトを買う話 ～ふたりの時間、言い訳の五千円～ 2）

2024年6月27日　初版第1刷發行

作　者：羽田宇佐
插　畫：U35
譯　者：Demi

發行人：台灣角川股份有限公司
總　監：呂慧君
總編輯：蔡佩芬
主　編：林秀儒
編　輯：邱瓈萱
設計指導：陳晞叡
美術設計：郭虹吟
印　務：李明修（主任）、張加恩（主任）、張凱棋、潘尚琪

發行所：台灣角川股份有限公司
地　址：104台北市中山區松江路223號3樓
電　話：（02）2515-3000
傳　真：（02）2515-0033
網　址：www.kadokawa.com.tw
劃撥帳戶：台灣角川股份有限公司
劃撥帳號：19487412
法律顧問：有澤法律事務所
製　版：尚騰印刷事業有限公司
ISBN：978-626-400-079-6